Maxim John

Mein Stettiner
Tagebuch

Erlebnisse eines Führerschein-Touristen

Dezember 2007

Bibliografische Information der Deutschen Nationalbibliothek
Die Deutsche Nationalbibliothek verzeichnet diese Publikation in der Deutschen Nationalbibliografie; detaillierte bibliografische Daten sind im Internet über http://dnb.d-nb.de abrufbar.

Impressum

© 2008 Maxim John / Martin Jerabek

Herstellung und Verlag: Books on Demand GmbH, Norderstedt

ISBN 978-3-8370-7682-0

Manchen Städten schenken die Nacht und einige effektvoll inszenierte Lichter ein zweites, gnädigeres Antlitz.

Aber noch ist es hellichter Tag, und der Regen macht alles noch schlimmer.

Es ist Anfang Dezember.

Gott Lob noch kein Schnee!

„Hotel Gryf, prosche (*Lautsprache für ´Bitte´*)", woraufhin mich der Taxifahrer irrtümlich sogleich mit einer turmhohen Welle polnischer Zisch-, Tak- und Kaklaute überrollt.

Ich verstehe nichts.

„äh, Du deutsch!"

Ja – Tak.

Und dann nach einer Pause: „Du Autoschule Szczeczin?", und seine Augen im Rückspiegel wollen es wissen.

Ja – Tak.

„Kurwa! Du Schnaps in Deutschland?" und schlägt mit der Handkante exakt auf seine Halsschlagader, als ob er mir die Pegelmarke meines Besäufnisses zeigen wollte, das mich hierher geführt haben musste.

Tak, Schnaps...soll er doch denken was er will.

„Ha,ha...", lautes Lachen „...Kurwa!!"

Ja, sehr witzig...

Nach kurzer Strecke kam:

„Da - früher war Gestapo-Hauptquartier. Heute in Restauration... mit Geld von EU. Europa zahlen", und deutete auf eine halb verfallene Ruine am Rande der Straße. Aber der ältere Herr ließ überhaupt keine Ressaintements gegen Deutsche in seiner Stimme mitschwingen – gar nicht. Ganz im Gegenteil. Er klang beinahe wie bei einer fröhlichen Stadtrundfahrt. So profitieren wir also beide von der EU. Ihr bekommt Geld für die Beseitigung unserer Hinterlassenschaften und wir bei Euch einen neuen Führerschein, denke ich.

Auf den Straßen wimmelt es nur so von Pandas mit dem großen, blauen „L"-Schild auf dem Dach, das sie als Fahrschulwagen kennzeichnet.

Dreihundert Fahrschulen im kleinen Stettin, meist für Schnaps in Deutschland.

„Warum Hotel Gryf? Teuer. Auch Restauration."

Ich sah keine Möglichkeit ihm erklären zu können, dass das Hotel nur fünf Minuten von meiner Fahrschule entfernt liegen sollte, und dass es mir nicht auf Komfort sondern auf praktische Aspekte ankommt. Kosten hin – Kosten her.

Welche Kosten eigentlich?

27 EUR pro Nacht inklusive Frühstück?

Ein unvorstellbares Schnäppchen für deutsche Verhältnisse!

Und „teuer, auch Restauration" hörte sich für mich nach einem recht modernen, frisch sanierten Hotel an – also noch besser: genau das, was ich brauchte!

Minibar, Rührei mit Speck zum Frühstück und Satelliten-TV.

Ich traue mich einfach nicht barfuß diesen Teppichboden zu betreten, obwohl der Rest der Kammer, und mehr ist es nicht, einen relativ ordentlichen Eindruck macht. Auch im Bett scheint kein Ungeziefer zu hausen und das Bad ist sogar recht sauber!

Es hätte also schlimmer kommen können, da mich am Empfang in der schummerigen Halle noch der lysophorm-haltige Duft des ehemaligen Ostblocks umgab und die Flure und Gänge mit ihren abgewetzten Holztäfelungen noch ganz im Gestern hängen geblieben waren.
Nicht jedoch die Dame am Empfang, die wesentliche Segnungen der neuen Welt in Form modernster Kosmetik und Chirurgie im Bereich des Dekolteés offensichtlich bereits erfahren hatte, und die ganze Welt sollte es sehen.

Doch jetzt geht´s los!

Sollte ich mich doch umgehend nach meiner Ankunft im Büro der Fahrschule melden, um noch am selben Tage mit meinen polnischen Fahrstunden zu beginnen.

„Hallo, wer? ...Ich schauen nach...“. Nette Frauenstimme am anderen Ende.

„Eine Moment bitte..."

„Bitte kommen um zwei Uhr zu Fahrstunde. Danke."

Ok – sind ja nur noch gute vier Stunden bis dahin...
Hätte ich das gewusst, hätte ich eine oder vielleicht sogar
zwei Stunden länger schlafen können – Aufstehen um
sechs, fällt mir immer wieder schwer.
Aber egal!
Ich brauche ja noch Unterhosen und ausserdem ist´s ja
bestimmt ganz interessant, die Stadt erst mal zu Fuß kennen zu lernen. Bekommt man doch gleich einen Eindruck
vom Stettiner Verkehr, in dem ich mich in den nächsten
Tagen zurechtfinden muss und gefrühstückt habe ich ja
auch noch nicht.

Das mit den Unterhosen hat geklappt und McDo gibt´s auch
hier– aber der Sache mit dem Verkehr droht ein Fiasko!
Ist das ein Gewusel hier...und da soll ich durch?

Das war mir damals, vor ein Paar Monaten als ich mich hier
angemeldet hatte, gar nicht so aufgefallen.

Der dicke polnische Fahrlehrer dessen Namen ich vergessen habe, oder hat er ihn mir gar nicht gesagt?, ist mir mit seiner mächtigen Leibesfülle und der durchaus dazu passenden roten und hervorstechenden Knollennase sympathisch.

Der hat sich´s richtig gut gehen lassen, die Rente ist sehr nah, und in seinem Blick schwingt für mich ein Grundverständnis der unvollkommenen menschlichen Existenz mit. Genau der richtige für mich!

Er ist heute jedoch nur für seinen Kollegen eingesprungen, der viel besser Deutsch sprechen soll, und begibt sich also mit mir auf meine erste große Fahrt.

Ich vertraue ihm, dem gestandenem Schlachtross, das bestimmt schon so manchem hoffnungslosen Fall die Feinheiten des motorisierten Verkehrs vermittelt hatte.

Es ist schon beinahe rührend, wie er vor jeder für mich undurchschaubaren Verkehrskonstellation sein gebrochenes „eine Moment bitte!" von sich gibt und den Wagen zum Anhalten bringt.

Warnblinke an und Gewühle im Handschuhfach mit schwerem Schnaufen.

Dann kommt eine seiner Klarsichthüllen mit einer handgefertigten Skizze der Straßenführung nebst ausführlicher

Erklärung:"... hier bitte muss haben Kanal-äh-deckel auf linke Seite, halt, gucken Verkehr von rechts, fahren – verstehen?".

Ab sofort ist für mich jeder Gullydeckel ein potentielles Verkehrszeichen.

Ist auch gut so, denn wir kommen später noch an eine Kreuzung bei der „bitte muss haben hier Kanaldeckel auf rechte Seite, gucken Verkehr von vorne, warten, dann links biegen in linker Spur." und so geht das immer weiter.

Macht richtig Spaß mit dem netten Dicken, der mich in die geheimen Zeichen des polnischen Verkehrsmikrokosmos einführt.

Kreuz und quer fahren wir im Regen durch die Stadt und die Zeit vergeht rasch.

„Morgen bitte acht Uhr vor Hotel. Fahrstunde mit Kamil."

Schade, dass wir nicht zusammen weitermachen können.

„Dschenkuije – vielen Dank, hat mir viel Spaß gemacht!"

-

Ich wärme mich im Bett zusammengekauert, mit Strickjacke.

Auch der lautlos gestellte Fernseher gibt Wärme ab, so wie alle eingeschalteten Lampen.

Kein Wunder, dass das Zimmer so kalt ist: sind doch die Vorhänge so platziert, dass sie den kleinen Heizkörper ü-berlappen und so seine Wärme nur zum Beheizen der Fensterscheiben abführen.

-

Wie weit ist es mit mir gekommen, dass ich hier in dieser herunter gekommenen Absteige hocke, und meine Weinfla-sche mangels Korkenziehers nur mit Hilfe der Türklinke entkorken muss!

Vielleicht sollte ich tatsächlich nichts mehr saufen oder aber den Reisekorkenzieher nächstens nicht wieder zu Hause lassen, Mist!

So stehe ich jetzt also da, in den Türrahmen gestemmt und presse die Pulle mit voller Kraft mit dem Korken gegen die Türklinke.

Langsam bewegt er sich endlich.

Wenn mich jetzt jemand so sehen könnte...

Es regnet noch immer.

Hab einfach keine Lust hinaus zu gehen.

Habe mir gerade die Haare mit der Nagelschere geschnitten.

Dröge und stumpf, vergeudet sich die Zeit.

-

Sudoku, und noch eine.

Keine Lust, heute noch zu lernen.

Polnisches Gezische synchronisiert den „Herr der Ringe": nur eine Stimme für alle Figuren, mit einer künstlerischen Sprachmodulation, die der eines Nachrichtensprechers gleicht.
Und ich muss Dich, mein geliebter Engel alleine lassen, mit Deinem stolpernden Herz und Deinem versteinerten Rücken.
Was ist nur aus mir geworden?
-
Das Hören der alten Songs aus meinem Notebook erweckt in mir..............
mich.

Meine Vergangenheit, meine Erinnerung an eine Zeit, zu der so manche Ausschweifung zum Leben gehörte, meine alte Prägung. Ohne Reue oder schlechtes Gewissen.

Ich meine damit einfach nur ausschweifendes Feiern, im Augenblick und manchmal sogar mit Vorsatz!

Wie sagten wir früher: "Man lebt nicht um zu arbeiten – man arbeitet um zu leben!" – klar definierte Prioritäten.

Oh, die Zeiten haben sich geädert!

Ob zum Besseren, kann ich nicht behaupten.

So kann ich als schon mal nicht sagen, dass mein Kind auch wieder unbeschwerter und freier aufwachsen kann als seine Eltern dies durften – so wie meine Generation.

Nein, Angst vorm Kinderschänder, Angst vor Aids, Angst vorm Gammeldöner, Angst vor Arbeitslosigkeit und dem Fall durchs soziale Gitter. Angst vor verrückten Rindern und kranken Vögeln, Angst vor Krebs und dem Chinesen und Angst vor Falten und dem Zahn der Zeit.

Angst, Angst, die große Angst geht heute um.

Ich kann mich beim besten Willen nicht daran erinnern, dass wir früher so viel Angst gehabt hätten!

Aber Angst diszipliniert und macht gefügig.

Wo aber Angst nicht ausreicht, muss per Gesetz verordnet werden.

Am besten bis in unsere Wohnstuben und Schlafzimmer hinein! Und wehe dem, der Fehler begeht – no mercy, kein Pardon!

Nein – ich muss aufhören, einen solchen Quatsch zu denken!

Lieber noch eine Partie Sudoku vorm Schlafengehen...

-

Es ist kurz vor acht, ich stehe vorm Hotel, rauche und halte Ausschau nach dem Fahrschulwagen.
Es regnet.
Nach zehn Minuten ist er da und hält auf dem Gehweg.
Kamil scheint es entweder genauso wie mir zu früh zu sein, oder aber er hat schlechte Laune.
Ich klopfe an die Seitenscheibe – ich bin pünktlich da – er schaut mich nicht mal an.
Abwinken.
Telefoniert er vielleicht?
Nein, schlechte Laune.

„Bitte einsteigen.", sagt er ohne seine Mine auch nur aus Gründen menschlicher Koexistenz zu verziehen.

Immerhin werden wir etliche Stunden in einem engen Kleinwagen zusammen verbringen müssen.

Mann, muss der das Scheisse finden, deutschen Spritis zu einem polnischen Führerschein zu verhelfen.

Oder haben sie auch ihn zu oft mit geschmacklosen Polenwitzen gedemütigt – Gott sei mir gnädig!

Ich entledige mich meines Parkers auf der Rückbank.

Sitz, Lenkrad, Spiegel, Kopfstützen einstellen – so wie verlangt.

Kamil schweigt.

Er schaut mich regungslos aus seinen zusammen gekniffenen Sehschlitzen an.

Ich schätze ihn auf Anfang vierzig, weil sein sehr kurz geschorenes, leicht grau durchzogenes Haar den Blick auf die fortgeschrittenen Geheimratsecken und seinen Glatzenansatz am Kopf erlaubt.

Eine kleine Wohlstandswampe unter der Strickjacke, sowie leichte Tränensäcke und die alters üblichen Falten im Gesicht vervollständigen meinen ersten Eindruck.

Er schweigt noch immer – so, als ob er auf etwas warten würde.

„Na bitte: Licht, Motor an und fahren los!", fährt er mich an.

„Warum warten?"

´Das kann ja heiter werden´, denke ich bei mir.

Keine Einweisung, keine Einführung und kein Warm-up.

Na dann mal los.

Die gesamte Zeit über bewegt sich unsere Konversation ausschließlich auf einem rein technischen Niveau:

„rechts",

„links",

„im Kreisel dritte Ausfahrt",

„immer beide Hände an Lenkrad!",

„nicht blinken! Warum du blinken?", regt er sich auf,

„in Stadt wir fahren nur in dritte Gang – nur wenn schneller als finfzig, dann vierte Gang!"

Seine knappen Anweisungen durchbrechen nur kurz die ansonsten schweigende Fahrt.

Oder wenn er telefoniert.

Obwohl ich in bereits dreissig Jahren mehrere hunderttausende Kilometer gefahren bin, zum Teil auch in fremden Ländern und fremden Städten, fordert die hier gestellte Aufgabe einen Kraftakt an Konzentration: vieles ist anders, etliches ist wegen des schlechten Zustands der Straßen und ihrer Markierungen unklar und die ganz besondere, polnische Straßenführung verwirrt so manches mal.
Und trotzdem soll aber bitte alles vorschriftsmäßig befolgt und ausgeführt werden – also genau so, wie niemand sonst hier fährt!

Nach knapp zwei langen Stunden in der Höhle des Löwen hat uns Kamil wieder zum Hotel gelotst.

„Morgen um zehn."

Mehr musste nicht gesagt sein – aber weniger auch nicht.

Und es regnet noch immer.

Nach meinem anschließenden Frühstück bei McDo habe ich mich erst mal wieder in meine Koje begeben und zwei Stunden Regen, Kälte und Langeweile verschlafen.

Danach ab unter die heisse Dusche und etwas Körperpflege betrieben.

Fühle mich jetzt gleich besser – wie ein neuer Mensch.

-

Lernen.

Zum Beispiel Frage 328:

Beim Fahrzeugfahren soll beachtet werden

A – reale bzw. potentiell vorhersehbare Gefahren
Ja, das wäre sinnvoll

B- mangelnde Erfahrung anderer Verkehrsteilnehmer
Auch nicht schlecht, aber sieht man denen ja meistens nicht auf Anhieb an der Nasenspitze an.

C- kulturelles Verhalten während der Fahrt
Wat???

Was ist bitte „*kulturelles Verhalten während der Fahrt*"?
Meinen die vielleicht lautes Singen und schunkeln?
Oder aber Beten gen Mekka oder Sirtaki-Tanzen während
der Fahrt?

Keine Ahnung. Aber so was Blödes muss ja richtig sein.

Oder Frage 422, ist auch sehr schön:

Der Fahrer 1 in dieser Situation darf

A – Lichthupe benutzen

B – Hupe benutzen

C – soll sein Vertrauen zum Fahrer 2 verlieren

Das ist einfach, denn ich hab´ schon lange kein Vertrauen
mehr zu Fahrer 2!
Jeden Tag das Selbe: Fahrer 2 schneidet mich, Fahrer 2
nimmt mir die Vorfahrt und Fahrer 2 pennt auf der linken
Spur, Fahrer 2 klaut mir den Parkplatz und Fahrer 2 hupt
mich frech an!

Ist doch klar, dass ich ohnehin kein Vertrauen mehr zu Fahrer 2 habe.

Übrigens: alle Anderen sind „Fahrer 2".

Unaufhörlich prasselt dieser verfluchte Regen auf mein blechernes Fensterbrett und draussen ist´s schon lange wieder dunkel.

-

Die Blonde flirtet tatsächlich mit mir!
Aber wieso?
Zwei Typen dabei, obwohl sich der weichliche, jüngere wohl kaum etwas aus ihr machen dürfte.
Dafür ist der Ältere scharf wie eine Rasierklinge.
Hat wohl mitbekommen, dass seine bezahlte Ware mit einem anderen Abnehmer liebäugelt.
Kann seine bösen Blicke ja verstehen.
Die beiden Typen sind auch deutsch. Hört man an deren Akzent in der zusammengestoppelten englischen Konversation mit Escort-Blondchen. Sollten vielleicht besser für ihre Prüfung lernen!

Mit einer Bewegung, die das Zurechtzupfen der Frisur vortäuschen soll dreht sie sich zu mir, um meinen Blick zu fangen:

und zwei runde, glatte Arschbacken, so hochgeschnallt, dass sie sogleich aus ihrer Bluse hüpfen möchten, schauen mich verheißungsvoll an.

„Schab u popolsku, prosche" – Schweinfleisch auf polnische Art, bitte – bestelle ich.

Sie grient, wahrscheinlich weil meine Aussprache so lächerlich ist.

Aber so, wie die Kellnerin freundlich lächelt, freuen sich hier fast alle, wenn ich die paar gepaukten Fetzen Polnisch heraus würge und nicht auf deutsche Kommunikation bestehe.

Ich komme ins Gespräch mit Frank, dem netten Alkoholiker am Nachbartisch.

Bekommt wahrscheinlich nie wieder einen deutschen Führerschein.

Es fehlt ihm die charakterliche Eignung zum Führen eines Fahrzeugs.

So nennt es die Führerscheinstelle.

Und genau seine charakterlichen Eigenheiten hatten ihm letzte Nacht so viele Probleme beschert:

Obwohl gleich drei auf einen einprügeln, alsob sie ihn zu Brei hauen wollten, geht Frank dazwischen.

Die drei waren natürlich schon weg, als die Polizei kam.

Frank war noch da mit blutigem Ärmel und dreckiger Hose.

Für die Polizei war es eindeutig und das polnische Verhör auf der Wache war wohl auch nicht ohne.

Missverständnisse lassen sich manchmal nur schwer aus-räumen, besonders auf Polnisch.

Und nach den Stunden auf der Wache hat sich Frank so richtig die Kante gegeben, dass er am nächsten Morgen zur Fahrstunde immer noch breit war und ihn die polnische Fahrschule dann gleich nach Hause geschickt hat.

Vorbei – und jetzt wartet er auf seinen Zug.

Die blonden Arschbacken brechen auf, nicht jedoch ohne mir im Gehen noch ein letztes, geheimes Lächeln zu schenken.

Das Schweinefleisch war lecker.

Wieder im grauen Regen vorm Hotel.

Kamil wird wohl gleich da sein – auf zur nächsten Runde.

Vielleicht hat er heute ja bessere Laune.

Ein anderer Wagen meiner Fahrschule hält und ein älterer Herr mit Goldrandbrille steigt aus, hängt sich die Jacke über und huscht über die Pfützen hinweg zu mir unter den Mauervorsprung.

Der Professor, so will ich ihn nennen, zündet sich eine kleine Zigarillo an.

„Ich lerne auch bei Ihrer Fahrschule", gebe ich mich als Leidensgenosse – oder besser als Mittäter zu erkennen.

„Wenn Sie auch bei Ivanka sind, haben Sie richtig Glück!"

Der Professor scheint begeistert.

„Nein, ich habe kein Glück – ich habe Kamil."

Plötzlich hustet er los, als ob er sich am Cigarillo verschluckt hätte.

„OhGottohGott..., der kann ja gar nichts! Der bringt einem überhaupt nichts bei!

Bei Ivanka wird alles so lange wiederholt, bis es sitzt – ganz toll!"

„Sie kennen sich hier ja gut aus.", meine ich.

„Ja, ich war vor ein paar Monaten schon mal hier.

Da bin ich bei der Praktischen ganz am Anfang gleich durchgefallen.

Übrigens wegen Kamil und seinem Micra: ich sollte dem Prüfer die Nebelschlussleuchte einschalten – im Micra hätte ich´s gekonnt. Aber hier sind alle Prüfungsautos Pandas.

Da ging dann die Sucherei los und das Ding wollte einfach nicht angehen. Der Prüfer immer „bitte schneller!" und ich drück´ wie ein Bekloppter auf den Schalter.

Aber konnte ja gar nicht gehen, weil mir keiner gesagt hat, dass das Ding nur zusammen mit dem Abblendlicht funktioniert.

Tja, und das war´s dann. Durfte gleich wieder aussteigen."

Ich muss zusehen, dass ich an einen Panda rankomme – am Besten gleich mitsamt neuem Fahrlehrer!

Der Professor geht frühstücken und ich warte weiter im Regen auf Kamil.

Eine Zigarette später kommt er endlich.

Ich kann schon durch die Fensterscheibe sehen, dass das heute kein angenehmerer Ritt als gestern werden wird – so verkniffen wie der dreinschaut.

„Bitte einsteigen"

Um es kurz zu machen: der war heute noch mieser drauf als gestern.

„Bin mide und habe Kopfschmerzen.", gähnt er vor sich hin.

„rechts"

„Fahren! Los! Warum Du warten?", BLÖÖK…

Ich lasse mich nicht irritieren.

Im Gegenteil: jetzt hat er mich herausgefordert und ich nehme seine kalte Feindseligkeit an.
Ist es doch eine gute Vorbereitung auf die Fahrt mit dem Prüfer, der mir wohl auch kaum freundlicher gesonnen sein dürfte.
Bin mir sicher, dass die Atmosphäre im kleinen Prüfungspanda wie in einem großen Eisschrank sein wird.
Ich kann mir einfach nicht vorstellen, dass einem deutschen Spriti bei seiner polnischen Prüfungsfahrt besonders viel Respekt und Sympathie entgegen gebracht werden wird.

Also Kamil, gib´s mir – ja, mach mich fertig und mach mich hart!

Unter diesem Aspekt betrachtet, waren die zwei Stunden mit Kamil ein voller Erfolg:

mit stoischer Ruhe und hoch konzentriert zog ich meine Bahnen – Kamil hin, Kamil her.

Eins zu Nulll für mich!

„Morgen um zwelf bei Fahrschule."

Aber jetzt habe ich genug und gehe wieder ins Bett, um Kraft zu tanken.

Die werde ich in den nächsten Tagen bitter nötig haben!

Frage 186

Was soll ich an diesem Schild machen?

Auf den Schrankenwärter warten – wo gibt´s denn so was?

-

So weit ich das polnische Gezische im TV richtig zusammengereimt habe, sind Miss Federal Republik of China, Miss Mexico und Miss Guadaloupe die letzten Drei.

Hoffentlich gewinnt Miss Mexico!

-

Wieder ein halbes Stündchen Dösen – der monotone Regen draußen schläfert mich ein.

-

Ich vergammle hier im Zimmer langsam, und mit mir vergammelt das Zimmer.

Ich rasiere mich nicht mehr und muss mich zum Zähneputzen aufraffen.
Ein polnisches Zimmermädchen habe ich auch noch nicht zu Gesicht bekommen.
So muss das eine Handtuch eben die paar Tage durchhalten.
Gott sei Dank ist es auch groß genug zum Duschen!

Seit ich bei geschlossenen Fenstern rauche, riecht das Zimmer jedoch nicht mehr nach Lysophorm!

Übrigens ist das „Freecell"-Spiel im Notebook besser als Sudoku.

Gute Nacht - *dobranotz*

-

Nein, wie kann das sein!

Es hat aufgehört zu Regnen und kleine Fetzen blauen Himmels sind zu erahnen.

Hatte da jemand ein Einsehen mit mir?

-

Wie bei meinem ersten Besuch fegt Dana wieder den Bürofußboden - übrigens die nette Stimme am anderen Ende… Dana spricht sehr gut deutsch und ist auch ansonsten sehr nett und hilfsbereit.

„Na, aber Micrra ist gleiche wie Panda", übersetzt sie Franek, den Chef.

„Also bitte Dana – gleich groß ja, aber andere Schalter und Anzeigen, und wenn mich der Prüfer nach dem Nebellicht oder sonst was fragt, steh´ ich dumm da."

Gezischtes Palaver zwischen ihr und Franek.

„Morrgen werden sie tauschen, dann kannst Du mit Panda fahrren.", und Franek steht daneben und macht ein freundliches Gesicht: „Nix Problem".

Ich solle unten an der Straße auf Kamil warten, weil der eh keinen Parkplatz vor der Fahrschule finden würde.

Gerne, bei so schönem Wetter!

Die Jagellonska-Straße könnte genauso gut in irgendeiner deutschen Stadt liegen.
Kaum ein Unterschied.
Das Schaufenster des kleinen Möbelgeschäfts nebenan stellt auch wie bei uns die trendigen siebziger-Jahre Möbel aus – oder sind das etwa noch übrig gebliebene Originale aus´m Sozialismus?
Nein, kann ja nicht! Hatten die ja damals gar nicht, in den Siebzigern.
Und Du würdest Dich bestimmt über die vielen Schuhläden freuen.

Thorsten kommt von seiner Fahrstunde mit dem freundlichen Dicken zurück.
„Mia wohn heude erscht mal zwee fette Baguettes für den holen und dann simme zu dem nach haus gefohn. der hat da erscht wos abgehohlt – lief aboa sonscht… einwandfrei!“

Ich kann´s kaum glauben, aber Kamil hat mich heute mit einem für seine Verhältnisse äusserst vertraulichen „Hallo" begrüßt, und dann kam erst das „Bitte einsteigen".
Entweder ist der wetterfühlig wie kein zweiter, oder aber es hat ihm die Session von gestern doch etwas leid getan, im Nachhinein.

„rechts",

„vierte Ausfahrt in Kreisel"

und nach einer Weile:

„wir missen Autogas tanken"

Also schlängeln wir uns zu seiner Stammtanke.
Na ja, „Stammtanke" suggeriert uns eine moderne Tank-stelle mit Waschanlage und Mini-Markt.
Falsch – nur drei fette Gastanks und ein mickeriges Wär-terhäuschen, irgendwo weit ab vom Schuss.
Aber Kamil kann richtig freundlich sein, so wie der mit dem alten, kleinen Tankwart plaudert.
Erstaunlich, hätte ich ihm gar nicht zugetraut.
Er unterschreibt wie immer auf der Tankliste.

Ich zücke meine TicTac-Box.

„Bitte einsteigen"

„Magst Du auch eines?", frage ich ihn und schüttele die Schachtel, so dass es klackert.

Noch aufgeheizt vom netten Smalltalk huscht ihm ein leichtes, äusserts minimales Lächeln übers Gesicht.

Was ist heute mit dem nur los?

„Nein danke, ich habe Kaugummi"

Ob es nun am schönen Wetter, dem netten Smalltalk oder meinem TicTac-Angebot lag – Kamil wird plötzlich kommunikativ:

„Schöne Auto, guck mal da auf rechte Seite." und wird immer angenehmer.

Wir plaudern, wir scherzen und machen uns über schlingernd vor uns herfahrende Fahrschulwagen lustig.

„No, ist aber hübsche Mädchen. Muss nur einmal zu Prifer schauen und ´Entschuldigung´ und alles gut. Hat mehr Chance als Du!"

Und ich sage „vielleicht sollte ich mir eine Perücke aufsetzen und meine Lippen anmalen."

„Nein", lacht er los – „besser nicht!"

Und wir lachen beide.

„Morgen früh wir fahren mit andere Mann zu Prifungszentrum.

Da kannst Du schon mal gucken.

Ich hole Dich finf vor acht bei Hotel – bis morgen."

Es regnet mal wieder.

Aber weil das Schweinefleisch so lecker war, gehe ich heute Abend wieder dort hin.

Noch nicht viel los.

Nur ein paar einsame Männer mit einsamen Gesichtern.

Ich gehöre jetzt auch zu ihnen, einsam am Tisch sitzend, die sich für ihr Glas insgeheim schämen.

Einsamer deutscher Mann = Autoschule = Schnaps in Deutschland.

Als ob wir ein großes Schild auf der Stirn trügen, verrät uns unser Getränk.

Schau ihn dir nur an, den Säufer.

Und so einer will wieder Autofahren!

Mir kommen meine dunklen Gedanken von gestern wieder in den Sinn.

Vielleicht liegt es ja daran, dass im Hintergrund gerade leise Eric Claptons Song „Cocaine" läuft.

Auch so ein Klassiker, der es heute schon allein wegen der Zensur nicht mal mehr in die Charts schaffen würde.

Diese Amis, verschroben, provinziell und dazu noch selbstgefällig-arrogant.

Die haben ja noch viel mehr Angst als wir!

Vor allem und jenem.

Lies dir doch mal eine amerikanische Gebrauchsanweisung durch: da wird sogar davor gewarnt sich die Plastikhülle über den Kopf zu ziehen – that could cause enjuries or death.

Und im Großen erst recht!

Biometrische und möglichst viele andere Daten über Dich gespeichert und jederzeit zur Rasterfahndung abgleichbar: wann mit wem telefoniert, welche Bücher ausgeliehen, welche Internetseiten besucht, wo und wann was mit creditcard bezahlt und noch viel weiter geht die Reise…

Das Stichwort heisst: Gefahrenabwehr!

Der Top-Joker, mit dem man seit dem 11.Sept. alles legitimieren kann.

Du musst nur selbst genügend Angst haben, dann nimmst Du es auch hin, dass sie Dir die Bürgerrechte ausser Kraft setzen und Du dem Nachbarn nicht mal mehr davon erzählen darfst, dass sie heimlich seine Wohnung durchsucht haben!

Gefahrenabwehr!

Und unsere hier fangen auch schon an, so zu ticken… großer Lauschangriff, Onlinedurchsuchung, Vorratsdatenspeicherung…jeder ist potenziell verdächtig und eine potenzielle Gefährdung der Allgemeinheit.

Und ich bin´s erst Recht.

Dabei hatte ich damals eigentlich nur meine Papiere zu Hause vergessen:
Er:„Dann schieben Sie mal das Auto dort in die Parklücke.“
Wat?
Was soll ich??

Er:„Sie können keine Papiere vorweisen, also kann ich Sie auch nicht fahren lassen.“

„Na hören Sie mal! Ich habe einen gültigen Führerschein – warum sollte ich dann schieben?“

Wieder Er:“ Sie können mir viel erzählen. Ich weiß ja nicht mal ob Sie überhaupt der sind, wie Sie´s behaupten!“

„Ist ja lächerlich! Entweder ich fahre das Auto in die Parklücke, oder Sie schieben´s selber weg."

Die vier Mann tun sich ganz schön schwer, zwei Tonnen Blech auf Breitreifen in die Parklücke zu stemmen.
Und die Straße ist dazu auch noch feucht.
`Macht mir bloß keinen Kratzer in die Karre!`, denke ich mir.

Im Mannschaftswagen, mit sechs Mann Bewachung, fahren wir zu meinen Dokumenten.
Sie plaudern über dies und jenes und freuen sich schon auf ihr Feierabendbierchen bei „Giovanni".
Jetzt hat es richtig zu schütten begonnen, und die Kleine auf dem Beifahrersitz mit dem großen Stadtplan hat sich richtig verfranst.
Links, nein doch rechts – die Karte wird mal im und mal gegen den Uhrzeigersinn gedreht.
Aber es hilft nichts.
Wo fahren die denn hin?
Es hält mich nicht mehr länger, und ich begehe einen dummen, dummen Fehler.
Ich beuge mich nach vorne, und sage ihr:

„Sie sind hier völlig falsch! Sie müssen an der nächsten großen Kreuzung erst mal rechts und dann die vierte Straße links. Dann sag´ ich Ihnen, wie es weiter geht."

Der Fahrer tut, wie man ihm geheißen aber sie dreht sich um, und stellt die Frage aller Fragen:

„Haben Sie Alkohol getrunken?"

Und im Wagen wird es plötzlich still.

Die beiden Hünen poltern hinter mir die Treppen hoch und stehen dann mit ihren dreckigen Stiefeln in unserem Nest. Selbst Mutter muss die Schuhe ausziehen, wenn sie uns besucht.

Kein Besuch - Polizeiliche Maßnahme!

Der Eine sichert den Ausgang und der Andere stampft durch die Zimmer hinter mir her.

„Stop – keinen Eistee! Parfümierte Getränke könnten das Ergebnis der Atemmessung verfälschen. Wasser, wenn Sie wollen."

Dann trinke ich eben Wasser – na gut – auch ohne Parfüm.

Ach ja, wie sagte doch der junge Polizist dann noch auf der Wache:

„Sie hätten ja auch ein Kind überfahren können!"

Ja, denke ich, nachts um eins ein Kind…

Und dabei haben sie eine halbe Stunde gebraucht, um überhaupt erst zu bemerken, dass ich 0,02 Promil zuviel hatte als sie mich in ihrer Falle stoppten.

Nicht das berühmte Glas zuviel, sondern einen Schluck.

Aber die alte Geschichte von vor neun Jahren hat mich wieder eingeholt.

Damals hatte ich nicht ein Glas, sondern eine Flasche zu viel - 1,7 Prom´s - und der erste Schnee des Jahres in jener Nacht hatte den Rest besorgt.

Nein, kein Kind überfahren – einem kleinen Streulaster hinten drauf gerodelt und Blech deformiert.

Die saftige Strafe hat mich geläutert.

Habe niemals mehr so viel gesoffen wie damals, in jener Weihnachtsfeiernacht.

Aber jetzt, als „Wiederholungstäter" war klar was mir blühen würde.

Genauso wie der arme Hund, den sie nach seiner Firmenpleite mit drei Promil ohnmächtig ins Krankenhaus eingeliefert hatten. Ein Kasten Bier und eine Flasche Wodka: die

Frau war mit den Kindern weg und dann auch noch Konkursantrag gestellt.

Hoch die Tassen, eh schon alles egal!

Die Feuerwehr hat ihn vom Wohnzimmersofa ins Krankenhaus gekarrt, nachdem ihn seine Mutter gefunden hatte.

Und vier Wochen nach seiner Entlassung kam dann das Schreiben von der Führerscheinstelle: Aufforderung zur MPU, „Idiotentest".

Sonst Pappe weg.

Na klar: Gefahrenabwehr!

Wer drei Promil überlebt muss eine erhebliche „Alkoholtoleranz" haben.

Und wenn er sich auch nur auf seiner Couch zu Tode saufen wollte und den Zündschlüssel nicht mal angefasst hatte, rechtfertig das heutzutage die „Zweifel an der charakterlichen Eignung zum Führen eines Fahrzeugs…".

Oder der Typ in der Fußgängerzone, den seine roten Kaninchenaugen an die Polizeistreife verraten hatten.

Er hat den Joint zugegeben und der Test war auch positiv.

Ab zum Idiotentest, oder in Zukunft Busfahren: potenzielle Suchtgefahr, „Zweifel an der charakterlichen Eignung…"

Gefahrenabwehr!

Und das, obwohl er sogar sein Fahrrad hatte stehen lassen.

Nein, nicht noch eine Karaffe Wein.

Lieber noch ein Glas im Zimmer vorm Zubettgehen.

Kamil kommt morgen sehr früh und ich will noch mal lernen.

-

Ich schiebe mich noch halb schlafend durch die ächzende Türe hinaus auf die kalte, nasse Straße vorm Hotel.

Kamil wird wohl gleich kommen.

Eine kleine Wolke Cigarillodampf sticht mir in die Nase, und schon pralle ich auf den Professor – so dicht steht er draußen an der Türe.

„Auch Prüfung, oder nur Fahrstunde heute?", fragt er mich grinsend.

Ist er etwa der andere Mann, mit dem wir zum Prüfungszentrum wollten, heute morgen?

„Ja ja, bin mal wieder dran heute!", und grient weiter bis über beide Ohren.

Was meint der mit „mal wieder dran"?

Der war doch erst ein mal durchgefallen – Nebellicht, und
so.

„Nein nein, ich war schon dreimal hier. Und wenn´s heute
wieder nicht klappt, nehme ich mir hier ´ne Wohnung."

Dreimaliges Durchfallen beunruhigt mich jetzt.

„Immer wegen was anderem! Die lassen hier ganz gerne
durchfallen. Ist ja klar, dann kassieren sie halt noch mal."

Klicker, klacker, klicker- klick, macht es in meinem Kopf:
Klarsichthüllen beim Dicken – bei Kamil nicht,
„Ivanka wiederholt so oft, bis es sitzt" – Kamil nicht.
Alle fahren Panda – nur Kamil nicht.
Wollen die jetzt auch MICH verschaukeln?

Deshalb Kamil und sein Micra, die schlechteste aller Kom-
binationen?

Jetzt kommt er angedüst – wie immer zu spät.

„Guten morgen, bitte einsteigen – wir missen beeilen!"

Ich klettere nach hinten, der Professor ans Lenkrad und los geht´s.

Der fährt ganz gut.

Wenn der so in der Prüfung fährt, kann ihm keiner was, denke ich bei mir.

Kamil plärrt ins Handy, meistens „Kurwa!".

Zwei Kreisel, fünfzehn Zebrastreifen, ein Stop-Schild und zwei Gullydeckel später nähern wir uns dem Prüfungszentrum.

Eine kleine Traube einsamer Männer wartet bereits im kalten Regen auf dem kleinen Parkplatz.

Kaum ist Kamil aus dem Auto, geht das Gekeife auch schon los.

Der andere Typ regt sich unheimlich auf, reisst den Ärmel hoch und hämmert auf die Armbanduhr.

Kamil zuckt die Schultern und gibt ihm scheinbar eine sehr gute, passende Antwort.

Denn beide lachen plötzlich los.

Unsere Traube steht nun dicht gedrängt um die offene Motorhaube des Panda.

Kamil zeigt auf einen gelben Einfüllstutzen im Motorraum.

„Was ist das?"

Ein Voreiliger kegelt ein lautes „Scheibenwaschanlage"
heraus.

Kamil dreht sich um und schaut zum Himmel, die Hände
gefaltet zum Gebet: „Kurva…"

„Bremsflüssigkeit!", erlöst ihn dann doch noch ein Kenner.

Und jetzt ging´s los wie ein Maschinengewehr:

„Hier Bremsflissigkeit, da Batterie, Computer, Luftfilter, Kih-
ler, Scheibenwasser, Öleinfillen und Ölprifen!"

Motorhaube zu – rumms!

Er öffnet weit die Fahrertür und schiebt den Sitz ganz nach
hinten.

Nächste Salve:

„Warnblinklampe, Blinker rechts, Blinker links, Standlicht
einmal drehen, Abblendlicht zwei mal drehen, Fernlicht dri-
cken, Lichthupe ziehen, rechte Hebel Scheibenwischer,
eine hoch – einmal einschalten, ein runter ist Intervall, zwei
runter Anschalten, drei runter Schnell.

Nebellicht ist hier – geht nur mit Abblendlicht und vor Einlegen Rickwärtsgang für Ricklicht, Bremse einmal treten!"

Steigt aus und zündet sich ´ne Fluppe an.

Na wenigstens können wir jetzt noch mal selber nach-
schauen.

Fast alle haben heute ihre Prüfung.

Namen spielen hier keine Rolle – nur eines ist interessant: die Wievielte?

„Ich bin heute zum dritten Mal dran. Musst echt tierisch aufpassen, bei dene Brüder!"

„Zweite Prüfung – beim erschten Mal hat mich der Prüfer richtig verarscht! Sagt der doch isch hätt´ einem die Vorfahrt genommen und ischt deshalb in die Eisen! Aber isch hab doch selber schon gebremscht."

Au waia – sooo also läuft das hier?!

Kamil bringt uns zum Hauptgebäude auf dem riesigen Gelände.

Es sieht aus wie eine Fabrik – nicht so eine mit Schornsteinen und Sägezahndächern.

Nein, eher wie eine für Computerchips oder so etwas.

Super modern!

„Hier du musst aufpassen – ist Spielstraße!", erklärt er uns die Ausfahrt, aus der pausenlos kleine, gelbe Pandas mit dem großen, blauen „L" zur Prüfungsfahrt herausrollen.

Ich habe keine Ahnung, wo in der Stadt wir uns eigentlich befinden.

Sie ist ziemlich unüberschaubar und viel größer als man glaubt.

Aber ich beginne die vielen kritischen Ecken wieder zu erkennen: der große Kreisel mit den Straßenbahngleisen, Gullydeckelkreuzung 1, die hinterhältige Fußgängerampel direkt hinter dem nächsten Rechtsabbiegen, die große Kreuzung in die man erst ganz tief eintauchen muss, bevor man links abbiegen darf und so fort.

Mist – den hakeligen dritten Gang kann ich diesmal nur zähneknirschend einlegen.

„Was ist das! Bist Du Dentist?", werde ich auch prompt angefurzt.

Ich bin tatsächlich nicht ganz bei der Sache und fühle mich ausgelaugt.

Hatte ich Kamil bisher doch nur für unfähig, desinteressiert und lustlos gehalten – nicht so tragisch.

Aber der Gedanke, dass dies alles mit Vorsatz so geschieht und mein Wiederkommen und natürlich auch das Wiederbezahlen längst beschlossene Sache sein sollten, macht mich total kirre.

Ich mag nicht noch mal hier her!

Nicht noch mal Hotel „Gryf" und nicht noch mal Kamil –

Kurwa!

Zu spät – wir krachen in eines der fetten Schlaglöcher.

„In Prifung solltest Du das besser nicht machen – Prifer mögen das nicht sehr."

Erstaunlich zahmer Kommentar.

´Wahrscheinlich würde ich Euch damit sogar einen Gefallen tun!´, denke ich.

Und wir kurven weiter durch den Regen und ich versuche, wenigstens die größten Patzer zu vermeiden.

Mann, bin ich schlapp, und gähnen muss ich auch andauernd.

Und Kamil gähnt mit.

Und weil es eine so tolle Session war, belohnt er mich auch noch mit einem Nachschlag:

„Du hast heute noch mal Fahrstunde.

Um zwei bei Fahrschule, bitte."

-

Der Gedanke hier verschaukelt zu werden, raubt mir den letzten Saft.

Verdammt!

Ich plumpse aufs Bett.

Ein bisschen Schlaf und dir geht´s gleich besser.

Da hättest du gleich diese bescheuerte MPU machen können – wäre aufs Gleiche raus gekommen.

Die wollen alle doch nur noch abzocken!

Obwohl – nein, sei nicht ungerecht:

bei denen hier geht es ausschließlich ums Geld – eine kla-
re, ehrliche und bodenständige Abzocke.

Nichts persönliches, hat nichts mit dir an sich zu tun, nur
mit deinem Geldbeutel.

Es bezichtigt dich hier niemand ein schlechter Mensch zu
sein, von charakterlichen Mängeln so zersetzt, dass es
nicht verantwortbar ist, dich mit einem Auto auf die Allgemeinheit loszulassen.

Es fragt dich hier keiner, wie viele Tassen Kaffee du am
Tag trinkst, wann du deinen Abwasch erledigst und ob du
morgens manchmal Durchfall hast.

Warum sind Sie heute hier ?

Beschreiben Sie Ihre Trunkenheitsfahrt (Angaben zur der/den Trunkenheitsfahrten)

Wie viel Promille, was getrunken, aus welchem Anlass, welche Menge in welchem Zeitraum, welche Stimmungslage dabei gehabt, was vom Trinken erwartet, Wirkung des Alkohols auf einen selbst.

Warum überhaupt noch gefahren, wie viel wäre die Strecke gewesen und nach wie viel km angehalten worden, irgendwelche Ausfallerscheinungen oder Besonderheiten (Unfall, etc..), Einschätzung der eigenen Fahrtüchtigkeit.

Wie war Ihr Trinkverhalten vor der Trunkenheitsfahrt? (wann, was, warum)

Beschreiben Sie mit Angaben von Mengen und Häufigkeiten Ihr früheres Trinkverhalten!

Welchen Zweck hat der Alkohol erfüllt?

Welche Auslöser haben Sie zum Trinken veranlasst?

Welche Auswirkungen auf Person, Umfeld, usw. haben sich ergeben?

Wie bewerten Sie Ihren Alkoholkonsum (Abhängig, Missbrauch ...)

Gab es Zeiten mit Konsumänderung? (Trinkpausen...oder Zeiten erhöhten Alkoholkonsums)

Wie oft im Straßenverkehr alkoholisiert teilgenommen

(...ohne aufgefallen zu sein)?

Was haben etwaige Kurse oder MPU`s im Vorfeld bei Ihnen bewirkt?

Was hat sich seit der letzten Trunkenheitsfahrt geändert?

Was trinken Sie und wie viel (kontrolliertes Trinken, Alkoholabstinenz ...Trinkkalender?)

Was verstehen Sie unter KT (kontrolliertes Trinken) oder AB (Alkoholabstinenz)?

Wie hat sich dieser Konsum bei Ihnen verändert/entwickelt?

Welche Veränderungen haben sich in Ihrem Leben dadurch ergeben? (persönlich / Umfeld, Freunde & Bekannte)

Was war schwierig, was war einfach?

Begründen Sie die Änderung in Bezug auf Alkohol. Falls KT: warum nicht AB, falls AB: Was spricht gegen gelegentlichen Alkoholkonsum!

Welche(s) Beispiel(e) können Sie nennen, das/die die Richtigkeit des jetzigen Trinkverhaltens unterstreicht?

Wie verhalten Sie sich heute in Situationen, wo Sie früher getrunken haben?

Wie soll das Trinkverhalten bzw. die Abstinenz beibehalten werden?

Wie schätzen Sie die Rückfallgefahr für sich selbst ein?

Was könnte Sie dazu bringen, rückfällig zu werden? (in-

nere und situationsbedingte Auslöser)

Würden Sie den Rückfall erkennen und woran und was

wäre dann zu tun?

Wie wollen Sie Fahren und Trinken künftig trennen?

Was wissen Sie über Alkohol? (Wirkung, Auf- und Abbau,

Promillegrenzen und rechtliche Konsequenzen)

Wie haben Sie sich auf die MPU vorbereitet? (Therapeut,

Suchtberatung, Selbsthilfegruppe, Literatur, ... usw.)

Was haben sie aus entsprechender Vorbereitung gelernt?

Welche Pläne haben Sie für die Zukunft?

Beruflich, privat, Fortbildungen etc.....

Hatten Sie einen Kontrollverlust?

Wie bitte?

Kontrollverlust?

Was meint sie denn damit…

Ich musste zurück in jene Nacht.

Und da kam es wieder, wie in einer Diashow:

Prost,

Prost,

Prost,

Lachkrampf,

Prost,

lall,

Prost,

ainennoch,

Prost,

musnachause

wank – schwerer Seegang,

scheiss Autoschlüssel – geh endlich rein,

brems,

rutsch,

peng!

Ja, ich hatte schon so etwas wie einen Kontrollverlust.

Schuld gestehen, Reue zeigen und sie vor allen Dingen von
meiner Läuterung überzeugen:

nein, ich werde niemals wieder unter Alkoholeinfluss fahren

–

in Zukunft immer Taxifahren, sobald ich auch nur ein Glä-
schen getrunken habe –

oder am besten das Auto gleich ganz stehen lassen-

entweder trinken oder fahren-

diese Lektion habe ich gelernt – GANZ EHRLICH!

Sie nickte verständig und notierte.

Wie naiv bist Du eigentlich!

Mann, bist du blöd.

„Nein, ich möchte Ihnen davon abraten, auf dem Rechts-
weg gegen das Gutachten vorzugehen.
Dieses Vorhaben wäre aussichtslos.
Wir könnten nicht einmal ein Gegengutachten fertigen lassen – es gibt ja weder Tonbandmitschnitte oder von Ihnen
unterschriebene Protokolle, verstehen Sie – nur Notizen
des Gutachters, sonst nichts!
Also wie sollten wir der begutachtenden Stelle ein Versa-
gen oder Unregelmäßigkeiten nachweisen können?
Selbst wenn uns das in einzelnen Bereichen gelänge, würde dies immer noch nicht dazu führen, das Gutachten und
die gemachte Prognose in Gänze auszuhebeln.
Und schließlich geht es ja um die Frage, ob sie jemals wieder ein Fahrzeug unter Alkoholeinfluss führen werden."

Ich kann das aber nicht auf mir sitzen lassen!
Ich werde hier hingestellt, als wenn ich mich ständig bei
jeder Gelegenheit haltlos besaufen würde, und das jeden
Tag!

Schauen Sie sich meine Hand an, sie zittert nicht – obwohl ich heute noch keinen Schluck getrunken habe.

„Nehmen Sie´s nicht so persönlich.
Diese Gutachten werden zu 90% aus vorgefertigten Blocksätzen zusammen gebastelt. Seit Jahren streiten wir Juristen mit den Verkehrspsychologen über den Sinn oder Unsinn der MPU – doch so lange der Gesetzgeber der Auffassung ist, dass die durch die Kristallkugel in die Zukunft sehen und zuverlässig prognostizieren können wie sich ein Mensch auch in ferner Zukunft verhalten wird, können wir nichts dagegen tun.
Wir haben sogar nachgewiesen, dass rund 80% der Prognosen langfristig falsch sind – ohne dass sich irgendetwas geändert hätte.
Diesen Unfug gibt es weltweit betrachtet auch nur in Deutschland und abgeschwächt in Österreich.
Es geht halt auch hier, wie so oft, um sehr viel Geld:
die Gutachten alleine sind ja schon nicht sehr preiswert.
Dazu kommen dann noch die Vorbereitungskurse, fünf mal teurer als die MPU an sich. Rechnen Sie sich das mal aus, mit rund 100.000 MPU pro Jahr und einer Durchfallquote von rund 40%. Da kommen Sie dann auf ein Gesamtvolumen von ca. 150 Millionen Euro Umsatz.

Da können sich TÜV und Dekra ein sattes Zubrot verdienen. Und das lassen die sich doch nicht nehmen!

Sie konsumieren Alkohol wahrscheinlich so wie die meisten von uns, und keiner würde eine MPU ohne gründliche Vorbereitung bestehen können – glauben Sie mir!"

Und wie Recht er hatte zeigte sich alleine schon daran, dass ihr fachliches Verständnis von „Kontrollverlust" nicht mit meinem Umgangssprachlichen überlappte, sondern als Verlust der Kontrolle über mein Trinkverhalten im Gutachten erwähnt wurde – ganz so wie bei harten Alkis, die so lange trinken bis sie entweder umfallen – oder alles leer ist.

Mir ist eisekalt und ich ziehe mir die Decke über den Kopf. Los, schlaf jetzt endlich!

Welche Auslöser haben Sie zum Trinken veranlasst?

Was ist das für eine Frage?
Auslöser zum Trinken veranlasst

Verdammt noch mal - ich bin kein Säufer!

Ja, ich konsumiere Alkohol.

Ja, ich mag Wein.

Ja, ich stoße auf meinen Geburtstag an.

Ja, auch am Sylvester und auch bei anderen Gelegenheiten.

Ja, ich habe einen Weinvorrat zu hause.

Ja, ich koche auch mit Alkohol.

Ja, ich trinke beinahe täglich Wein.

Ja, er schmeckt mir.

Ja, und manchmal fühle ich mich sogar beschwipst.

So, what?

Wir sind so!

Prosit Neujahr - Auf die Gesundheit - Toast beim Staatsbankett - Feierabendbierchen bei „Giovanni" - In vino veritas - auf einem Bein kann man nicht stehen - Schiffstaufe mit Schampus - Proseccobrunch am Sonntag - Ozapft is beim Oktoberfest - Hopfen und Malz, Gott erhalt´s - und Wein ist das Blut Christi!

Aber:

Alpha-Alkoholiker, Beta-, Delta-, Epsilon-, Gamma-Alkoholiker, Gesellschaftstrinker, Problemtrinker, Gewohnheitstrinker, Normaltrinker, Spiegeltrinker, Spontantrinker, Vieltrinker und Quartalssäufer.

Jeder der Alkohol konsumiert verdient sein eigenes Etikett: immer klingt es nach Krankheit und manchmal ist es das auch.

Nicht mal einer von fünfen trinkt gar nicht.

Also, was bist Du?

Es überkommt mich jetzt eine unbändige, ja trotzige Lust noch einmal so wie früher mit euch zu feiern – ganz so, als wären wir keinen Tag älter geworden: ausgelassen, unvernünftig und haltlos – als gäb´s kein morgen, laute Musik mit viel, viel ja mit sehr viel Alkohol.

Wir spülen unsere Fassaden runter und werden vernebelt zu Freunden – und wenn auch nur für diese eine lange Nacht.

Lasst das Auto stehen, wenn ihr kommt – ich zahle die Taxis… und lasst euch bloß nicht vom grünen Mann erwischen, wenn ihr morgens dann zu eurer Haustür schwankt!

Vielleicht wenn ich meinen Fünfzigsten feiern werde …

Kindergeburtstag.

Quatsch!

Nein, das ist vorbei –

kein sentimentales „play it again Sam."

Denn das Morgen beginnt bereits heute, und wir müssen funktionieren.

Wir müssen funktionieren – und wir werden funktionieren!

Ich kann einfach nicht schlafen, - mein Gehirn ist wie ein Schwimmbecken, in das 20 Wackersteine gleichzeitig geworfen sind.

Ihre Wellen klatschen gegen die Wände, spritzen über den Rand, und überlagern sich zu einem völlig unrhythmischen Knäuel von hundert Gedanken und tausend Erinnerungen, dessen Anfang ich aber nicht zu fassen bekomme.

Ich reisse das Fenster auf und spüle meine Lunge tief mit der feucht-kalten Stettiner Luft, und ein Gänsehautschauer überfliegt meinen ganzen Körper.

Es ist gut so, wie es ist.

Die drei Monate Fahrverbot und 500 Euro Geldstrafe – Ok.

Hart genug - selber schuld.

Aber dann auch noch die obligatorische Wiederholungstäter-MPU?

Nein - ich habe die richtige Entscheidung getroffen!

Es ist nun alles wieder genauso klar wie es das bereits war, als ich mich hier angemeldet hatte:

Ich kann es einfach nicht nocheinmal.

Weder kann ich noch trinken, so wie damals – noch kann ich so lügen, wie damals.

Inhaltsverzeichnis

Lagebestimmung

In dem „blauen" Brief

    - Kann ich die MPU verweigern

    - Kann ich die Frist der Behörde verlängern

    - Soll ich jetzt schon einen Anwalt hinzuziehen

    - Kann mir ein Arzt vor der MPU helfen

    - Kann mir ein Diplom-Psychologe helfen

Darauf kommt es an bei den häufigsten Untersuchungs-anlässen

Die Fahrer-Personalakte der Verwaltungsbehörde

Arbeitsschritte des Gutachters

Zu den Vorurteilen des Gutachters

Fahrer- oder Gesamtpersönlichkeit – ein Durcheinander

Schematischer Gutachtenaufbau

Schlüsselworte der „tüvologischen" Untersuchung

Promille und Persönlichkeit

Was Sie über Ihre Trinkgewohnheiten schon immer wissen wollten

Wie ich meine Promille berechne – auch nachträglich

Charaktertest für Radfahrer mit Promille

Extra-Charaktertest für Frauen

Tips für Frauen

Tips für Männer

Leitfaden zur Selbstvorbereitung nach Promille-Fahrt

Der Charaktertest für Punkte-Sammler

„Seelen-TÜV" für Senioren

Krankheiten und Fahreignung

Ihre Ausgangssituation

Ihr Auftreten in der Untersuchung

Es geht um Ihren „ersten Eindruck"

Kleine Testprinzipkunde

Die subjektiven Methoden beim „Schein-Test"

Lebenslauferforschung

Die Exploration

Fahrer-Exploration bei Trunkenheitsfahrten

Fahrer-Exploration ohne Alkohol

Kritik am „tüvologischen" Gespräch

*Hinweise für die gründliche Darstellung Ihrer Trinkge-
wohnheiten*

Ausdrucks- und Verhaltensbeobachtung

So bitte nicht!

Ein positiver Fall

Ein Fall „auf der Kippe"

Keine Aussicht auf Erfolg

Im Netz der Widersprüche

Und ich hatte ihn wirklich beeindrucken können!

Denn ich war dieses Mal einfach zu gut vorbereitet.

Nicht so, wie beim ersten Versuch – *„entweder trinken oder fahren- diese Lektion habe ich gelernt – ganz ehrlich!"*
Quatsch!
Alles war genauestens aufeinander abgestimmt und absolut wasserdicht.
Keine Verharmlosungen
Keine Widersprüche
Keine Irritationen.

Wie bei einer Schachpartie die längst gespielt war, kannte ich all seine Züge im Voraus.
Und wie Scheherazade hatte ich ihm schillernde Märchen aus tausendundeiner Nacht erzählt – Märchen aus meinem neuen Leben, aufs feinste ziseliert und so lebendig, dass man glauben konnte dabei gewesen zu sein.
So erzählte ich ihm von meinem heldenhaften Kreuzzug gegen die allgegenwärtige dunkle Versuchung und von meinem strahlenden Triumph der Abstinenz, gekrönt mit Stolz und Seelenheil – du göttlicher Orangensaft! – Hallelujah!

Man sagt zwar, die beste Lüge sei so dicht wie möglich an der Wahrheit.

Aber die längsten Beine schenkt man ihr, indem man sie verinnerlicht zu seiner eigenen, ganz wahren Wahrheit.

Die Büchertips des Anwalts damals waren Gold wert!

Aber ich kann es einfach nicht nocheinmal!

Lügen und mich verbiegen, um Gnade zu finden.
Mein Leben und mich selbst intim offen legen, alles nur für eine Plastikkarte mit meinem Bild darauf.

Zwei Hundertstel Promil zu viel…

Es muss ein himmlisches Zeichen sein!

Ich habe nur noch nicht verstanden, was es mir sagen will: jedes mal wenn ich das Büro betrete fegt Dana den Boden – das kann kein Zufall sein!

Aber was soll es nur bedeuten?

Sie stellt den Besen zur Seite.

„Das sagen alle, die nicht gelernt haben! Warum soll andere Fragen in Prifung kommen? Dann keiner besteht!"

Meine Frage scheint sie echt zu nerven.

„Manchmal sind die Fragen bisschen anders als auf Ibungs-CD. Einmal heisst „Traktor" und in Prifung sie ibersetzen mit „Landwirtschaftsfahrzeug" – muss man bisschen denken. Aber wenn Du gelernt hast, äh, Frage 18 Antwort B, dann ist auch bei Prifung Frage 18 Antwort B!"

Na, hoffen wir´s mal, denke ich – und wenn doch nicht?

Kamil steht schon in der Einfahrt, als ich wieder auf die Straße hinunter komme, und der Motor läuft.

Na also dann…"Fahren los"

Wo sind wir denn jetzt?

Kamil mampft wortlos seine Zuckerschnecke.

„Wir iben jetzt Banane."

Wie bitte?

„Wir iben jetzt B-a-n-aaa-n-e!"

Hatte ich mich also doch nicht verhört.

„Was ist Banane?", frage ich.

„Na, Banane!", keift er genervt.

„Du wirst schon sehen."

Wir hangeln uns durch fremdes Gelände.

Hier war ich noch nie.

Aufpassen!

„Rechts"

Also blinken und einlenken.

„Nein! Nicht soo rechts – da geht zu Bahnhof!", regt er sich auf.

„Nur einfach rechts.

Wenn so in Prifung, dann Du bist tot – nach Hause fahren!"

Das muss ich unbedingt noch rausbekommen:

Wann ist rechts rechts, und wann ist rechts einfach rechts??

Hin und her, kreuz und quer landen wir endlich auf dem Gelände einer ehemaligen Jeansfabrik.

Genauer: DER ehemaligen Jeansfabrik – früher gab es hier ja nur die eine.

„Kaputt – wegen Lewis und Wrangler. Meine Mutter hat da gearbeitet."

Und heute nur noch Banane, denke ich.

Was immer das auch sein mag.

Im Schritttempo überqueren wir den riesigen Verladeplatz. Viele harte Frostwinter hatten ihm tiefe Gräben und breite Risse zugefügt, und in den Schlaglöchern staut sich der verschlammte Regen der letzten Wochen.

Bloß nicht hinein rumpeln!

Doch dann sehe ich weiter hinten ein kleines Grüppchen mannshoher Stangen aus dem Boden ragen - wir halten direkt darauf zu, und jetzt näher dran, erkenne ich auch so etwas wie eine gelbe Bodenmarkierung, die uns den Weg zur Einfahrt in den Stangenwald weist.

„Stop!! – was ist das?"

Stimmt, da steht ja wirklich ein windschiefes, total verwittertes Stopschild mitten in der Landschaft herum.

„Siehst Du da vorne gelbes X auf Boden?"

Welches meint der?

„Da, rechts. Fahr hin und Stop."

Na klar!

Jetzt sehe ich sie auch, die Banane –

ein schmales Band kaum breiter als das Auto, aussen begrenzt mit gelben Linien. Rund 30 Meter lang, bevor es eine scharfe Rechtskurve beschreibt und dann wieder nach 30 Metern im Zielfeld mit dem anderen X auf dem Boden endet.

In der Kurve sind sowohl aussen, als auch innen kleine Betonpylonen platziert, aus denen gelb angestrichene Stangen emporragen.

„In Prifung Du musst fahren von Start bis andere gelbe
Kreuz. Kein Anhalten, nicht berihren gelbe Linie oder Stan-
ge!"

Kinderkram!, denke ich.

„Fahren los."

Ok, Gang rein, und ab geht's.

„Nein!", plärrt er.

„Nichts schnell! Warum Du fahren schnell? Bist Du Michael
Schumacher? Nein. Langsam fahren!"

Gut gerollt ist halb gewonnen, und die Kurve ist ja wirklich
ganz schön eng, die Stangen ziemlich nah.

Wir halten im Zielgebiet – touch down!, denke ich.

Wat dat aber nun soll – kann doch jeder.

„So, jetzt Du musst fahren gleiche aber rickwärts.

Nicht schauen in Spiegel, sondern umdrehen und durch
hintere Scheibe schauen.", öffnet die Türe und steigt aus.

Noch ein „Fahren los!" hinterher geschoben.

Ich verwinde mich im Sitz und hake den rechten Arm hinter
der Beifahrerrücklehne fest.

Kopf drehen, weiter, noch ein Stück.

Allerdings findet mein nicht ganz ausgeheilter Bandschei-
benvorfall in der Halswirbelsäule diese Haltung richtig Mist
und straft mich auch sogleich mit bösen Nackenstichen.

Egal, durchhalten.

Der kleine Micra lässt sich gutmütig im Rückwärtslauf dirigieren.

Auch die Schlaglöcher bringen ihn nicht aus der Spur.

Eng, eng die Kurve und die Stangen hauchen eben gerade so knapp vorbei.

Jetzt nur noch gerade zurück zum gelben X – und Stopp.

Geht doch, denke ich.

Damit kriegen sie dich nicht!

Ich sehe ihn schon herumfuchteln und mich zu sich winken.

Also noch mal: langsam, bist nicht Schumi, Kurve zirkeln, langsam zum X rollen und - Stopp.

Die Türe geht auf.

„Nochmal.", die Tür fliegt zu.

War das jetzt ein „Nochmal", weil zu schnell, oder ein „Nochmal" weil zu langsam, oder doch ein „Nochmal" weil gelbe Linie irgendwo berührt?

Also noch mal rückwärts: verwinden im Sitz, Arm festhaken, Kopf drehen, weiter, noch ein Stück, Nackenstiche, langsam, bist nicht Schumi, Kurve zirkeln, langsam zum X rollen und - Stopp.

Diesmal ist er neben mir hergelaufen und hat dabei telefoniert.

Zu schnell kann ich also nicht gewesen sein.

Türe auf: "Nochmal", Tür zu, wumm und das Handy gleich wieder am Ohr.

Ok, denke ich.

Aber diesmal mehr Schmackes!

Fünf, Vier, Drei, Zwei, Eins

Schumi startet.

Motor jault, Kupplung schießt, die Räder quietschen los und ab geht´s!

Gerade noch kann ich das dumme Gesicht sehen - seine Arme wedeln durch die Luft - und fliege auch schon wie eine Gewehrkugel durch die Banane.

Kurz das Gas lupfen vor der Kurve, Augen zu und durch.

Vollbremsung und Punktlandung auf dem X – Sieg!

Da kommt er auch schon.

Schüttelt den Kopf und verzieht den Mund.

Das wird was geben, denke ich.

Aber ein freches Grienen kann ich mir doch nicht verkneifen.

Tür auf und setzt sich rein.

„Gut."

„Aber morgen so und Du bist tot!", und schwingt seine Faust an meine Schulter.

Doch jetzt grienen wir beide.

Und irgendwie mag ich den Kerl inzwischen ganz gerne.

Stockholm-Syndrom, kommt es mir in den Sinn.

Definition:

Unter dem **Stockholm-Syndrom** versteht man ein psychologisches Phänomen, bei dem Opfer von Geiselnahmen ein positives emotionales Verhältnis zu ihren Entführern aufbauen. Dies kann dazu führen, dass das Opfer mit den Tätern sympathisiert. Es kann sogar darin münden, dass Täter und Opfer sich ineinander verlieben oder kooperieren.

Quelle:Wikipedia

Kooperieren hoffentlich, Sympathisieren vielleicht, verlieben aber auf keinen Fall!

„Fahren los – du Schumi."

-

Das war´s.

Die letzte Fahrstunde.

Morgen vor der Prüfung nur noch ein kurzes Aufwärmen.

Ich stehe wieder im Regen vorm Hotel, und Kamil düst davon.

Nein, bloß noch nicht aufs Zimmer!, und zum Essen ist es auch noch zu früh.

Eine merkwürdige Leere überrascht mich jetzt.
Ich ziehe mir die Kapuze über den Kopf, tapse einfach los und lasse die Stadt an mir vorüber ziehen.

60:40, denke ich.

Nein, eher 70:30 gegen Dich!

Aber was soll´s.

Dann kommst Du halt noch mal.

Anderes Hotel, vielleicht sogar Ivanka.

Immer noch besser, als diese bescheuerte MPU.

So, und nun aber Schluss damit!

Thorsten läuft mir über den Weg.

Wie kann man nur mit so einer Papageien-Jacke herumlaufen? Mitte 20 und aus einem kleinen Kaff bei Jena.

„Kommscht heut Obnd mit zum Essen?"

„Äh", etwas überfahren, denn damit hatte ich überhaupt nicht gerechnet.
„Im Prinzip schon, muss aber noch packen, und die Prüfungsfragen wollte ich auch noch mal durchgehen."

„Fahrscht morgen doch ooch heime. Isch der letzte Obnd. Und die Sandra kommt au mit."

„Wer ist Sandra?"

„No die Kleene aus Köln. Hat doch heut Prüfung g´hobt. Isch sach Dir – die is ausgrascht, wie´s in der Prüfung durchgrasselt isch!"

„Und nun willst Du sie heute Abend ein bisschen trösten…"

„Erscht amol essen. Wir sin um acht im „Hollywood" glei dort vorn – los komm schon mit!"

Da komm ich wohl kaum darum herum. Hatte ich doch ohnehin vor, heute mal das Szaszlyk (*Schaschlik*) zu probieren. Oder doch noch mal das polnische Schweinefleisch? Und etwas Ablenkung kann auch nicht schaden - besser als im Zimmer zu versumpfen und dröge Selbstgespräche zu führen.

-

Alles geschafft: frisch geduscht, Sachen gepackt. Nur die Prüfungsfragen habe ich mir als Bettlektüre aufgehoben – zum letzten Schlückchen aus der Weinpulle.

-

Heute ist es hier gut gefüllt.
Neben den einsamen Männern sind diesmal auch ganz unterschiedliche Einheimische hier: ein Grüppchen junger Studenten, die laut und angeregt debattieren – Playboy fiftyone cool gelangweilt mit zwei Miezen – Hausfrauenclique, zu stark geschminkt, ein Knopf zu weit geöffnet, hof-

fentlich guckt einer her! - und die beiden kleinen Süßen am Nebentisch, die sich schüchtern die Händchen halten bei einem Glas Cola.

Der Laden hat seinen rustikalen Charme. Das gedämpfte Licht und die bullige Wärme lassen es hier richtig gemütlich werden. Aber - ich hab´ jetzt Hunger. Wann kommen die endlich?!

Es dauert noch ein Glas und drei Zigaretten, bis sich endlich ein bunter Papageienarm durch die Türe streckt.

„Äi, wotscht schon lang?", krallt den ersten freien Stuhl am Tisch und plumpst sich drauf.

Nein Thorsten, denke ich mir, wie kommst Du denn darauf? Ist doch erst halb neun…

„Ist schon ok, lass gut sein. Bin ja noch nicht verhungert."

Die kleine Blonde mit dem endlos langen, dicken Würgeschal steht einfach schüchtern wortlos da. Daunenparker, kleine weisse Knautschlack-Tasche in den Händchen.

Die ist doch höchstens zwanzig, denke ich mir.

Was macht die denn hier, in Stettin?

Alkohol-MPU, Drogen oder zu viele Punkte in Flensburg?

Alles passt irgendwie nicht zusammen.

Sie steht einfach so da, wie jemand dasteht der darauf wartet, dass der Tisch gleich frei werden wird.

Kein Wort.

Soll ich gehen?, frage ich mich.

Weiss sie vielleicht gar nicht, dass auch ich mit Thorsten zum Essen verabredet bin?

Die hat bestimmt gedacht, dass sie mit ihm allein sein würde – dumm gelaufen. Doch jetzt ist´s zu spät – ich muss was essen.

„Äi Sandra", greift Thorsten ein.
„Setz Disch doch ooch amol!"

Sandra setzt sich.

Im Mantel.

Täschchen vor sich auf den Tisch.

Noch immer kein Wort und verzieht keine Mine.

„Tut mir ja leid, ich habe schon von Deinem Pech heute gehört.", versuche ich das Eis etwas zu schmelzen.

Treffer - denn jetzt geht's los:

„Pech, eeey????

Der verfickte Arschficker hat misch voll verarscht, Alter - die Drecksau, der Hurenbock, der Schwanzlutscher!"

Und das war aber nur der Auftakt.

Das allgemein bekannte Arsenal an Ausdrücken scheint ihr bei weitem nicht auszureichen, ihrer Empörung, Wut und Verärgerung gebührend Ausdruck zu verleihen.
So schöpft sie, mir bis dahin völlig unbekannte neue Kreationen: Votzensau, zum Beispiel. Oder Arschlutscher.
Thorsten war wohl schon in den Genuss ihrer Sprachkünste gekommen und studiert unbeeindruckt die Karte.
Aber ich habe noch einiges vor mir, denn jetzt zieht sie sich den Mantel aus:

Kurz zusammengefasst war es wohl so, dass der Hurenbock befürchtet hatte, sie würde über eine rote Ampel fahren wollen und trat vehement auf die Bremse. Sie wollte natürlich auch bremsen, nur eben einen Tick später. Daraufhin hätte der Arschficker die Prüfung für beendet erklärt, da ein Rotlichtverstoß eine Weiterfahrt verböte.
Selbst als sie der Votzensau ihre Absichten darlegte, ließ sich dieser dreckige Arschlutscher nicht davon beeindrucken.

Und auch ein sofortiges Hinzuziehen des unparteiischen Dolmetschers konnte nichts bewirken, denn der Fickstrumpf meinte, nichts davon bemerkt zu haben! Er wäre im Übrigen ja auch nur zum Übersetzen mit.

„Dabei spresch ich besser polnisch als der Kinderficker – schwör isch Dir!"

Jetzt zündet sie sich endlich eine Zigarette an und ich kann den viel zu kurzen Augenblick ihres Schweigens nutzen.

Aber wofür?

Häää??

Mein Gehirn ist scheinbar bereits in einen Notstrommodus übergewechselt, um nicht von ihren Schimpfkanonaden und Hasstiraden vollends verpestet zu werden.

Mir fällt nur ein:

„Du kannst besser Polnisch, als der Dolmetscher?"

Jaaaa, das war wirklich brillant!

Eine solche Frage zu stellen.

Denn schon ging es wieder los:

SIE hätte vorher diesem Eierschlecker erst mal übersetzen müssen, dass der alte Doppelwichser nicht wenden, sondern rückwärts einparken von ihr verlangt habe.

„Wenden auf ´ner Einbahnstraße, ey! Frommspanne!", und tickt sich an den Kopf.

Die Kellnerin kommt – Atempause.

Thorsten isst das Schnitzel mit Frytki und sie bestellt sich erst mal einen Wodka-RedBull.

Aber scheinbar kann sie tatsächlich polnisch!
Die Kellnerin versteht auf Anhieb und stellt auch keine Nachfragen.
„Meine Eltern sind aus Polen, Alter. Aber isch bin schon in Deutschland geboren - hab´ auch ´nen deutschen Pass."
Na so was, denke ich.
Sie wäre nur hier, weil der Führerschein in Deutschland zu teuer sei.
Aber sie würde nach diesem Vorfall niemals wieder einen Fuß auf dieses verschissene Land setzen.
„Das erste was isch morgen tu, wenn isch in Köln gelandet bin Alter, isch schwör dir´s, isch küss erst mal den Boden! Ja, escht."
Und ihren Führerschein würde sie ohne Probleme in einer Ferienfahrschule erlangen, nicht so wie bei den Dreckfotzen hier.

In der kurzen Sequenz in der Thorsten dann mal zu Wort kommt, erfahre ich sein kleines Geheimnis:

Drogen-MPU wegen Koks.

Er hatte sich auf einem Parkplatz gerade das Näschen gepudert mit ein Paar Kumpels, als die Grünen dann plötzlich mit der Taschenlampe gegen seine Seitenscheibe klopften.

Seit fünf Jahren fährt er nun schon ohne – nie was passiert – aber jetzt hatte er endlich das Geld beisammen.

Schon wieder knattert die los, und ich beeile mich mit meinem Essen.

Ich muss hier weg – ich halte sie einfach nicht länger aus!

Scheibenwischer aus.

Ich drehe den Zündschlüssel und schalte den Motor ab.
Handbremse, Licht aus.

Mein Herz beginnt etwas rascher zu schlagen, aber bei
weitem nicht so, wie ich es mir vorher immer vorgestellt
hatte.
Der Fensterheber summt und feucht-kühle Luft schwappt
mir entgegen.
Die Taschenlampe blendet mich.
„Ausweis, Führerschein und Fahrzeugpapiere bitte. Allge-
meine Verkehrskontrolle."
Während ich danach krame, wandert sein Lichtstrahl
durchs Wageninnere: auf dein Gesicht, deinen Schoß und
deine Knie, die dein Rocksaum nicht mehr schützt.
Obwohl mein Herz weiter bummert, überrascht mich eine in
mir aufsteigende Heiterkeit.
Ich bin schon auf dein blödes Gesicht gespannt, wenn du
erst mal das große „PL" auf meinem Führerschein gesehen
hast, denke ich bei mir.
Und prompt: "Wat haben wir denn da!", stutzt er.
„Na jetzt wird´s aber lustig."

Stimmt, denke ich, du junger Schnösel – das glaub´ ich auch!

Er: "Haben Sie Alkohol oder unerlaubte Betäubungsmittel konsumiert?", und sticht mir gleich wieder seinen Taschen-lampenstrahl in die Augen.

„Wie kommen Sie denn darauf?", antworte ich.
„Ich bin doch Fahranfänger, Führerscheinneuling: 0,0 – nix getrunken!"

Er: "Steigen Sie doch schon mal aus, bitte.", dreht sich um und verschwindet mit meinen Papieren.
Sehr freundlich, denke ich mir, mich hier im Regen stehen zu lassen.

Fahranfänger…

Führerscheinneuling….

Halt, nicht so schnell!

Meine Gedanken galoppieren rückwärts…
und ich bin wieder im Prüfungszentrum.

Jetzt werden wir aufgerufen.

Dreissig Namen zeigen die Monitore.
Schulz, Krüger, Körner, Ritter, Franke, und viele mehr.
Alle deutsch und meiner steht da auch.

Die Anführerin des Dolmetschertrupps, der für uns bereit
steht, hält eine kleine Ansprache darüber, was uns jetzt
erwarten würde und wie wir uns verhalten müssten.

Die Schleuse öffnet sich, und wir schwappen in die Prü-
fungsräume.
Fünfzehn kleine Schreibtische in Sala 4 -
Die Plätze werden uns zugewiesen.
Flachscreen-TFT-Monitor und ein spezieller Tastaturblock
mit wenigen großen Tasten und polnischer Schrift darauf.
18 Fragen, genau wie auf der Übungs-CD.
Entweder ich habe Glück gehabt, oder wirklich gut gelernt.
Nach zehn Minuten bin ich fertig.

Die Oberaufseherin kommt, drückt eine dicke rote Taste.
„Herzlichen Glückwunsch! Sie haben keinen Fehler. Sie
haben die Prüfung bestanden", sagt sie beinahe mütterlich.

Die anderen schwitzen noch - so wie damals bei der Klassenarbeit.

Aber sie haben ja noch reichlich Zeit.

Zwei Fehler – mehr nicht. Sonst ist es schon hier zu Ende.

Am Schluss hat es sechs von fünfzehn erwischt.

Drei Fehler, fünf Fehler – ja einer hatte sogar acht!

Und dennoch: „Es tut mir sehr leid, aber Sie haben die Prüfung leider nicht bestanden.", rührend, ihre mitleidsvolle Stimme.

Kurz darauf sind wir, die letztlich Verbliebenen, in der „Glasscheune", einem Fleckchen Niemandsland zwischen theoretischer und praktischer Prüfung.

Wenigstens sind wir im Trockenen, auch wenn die viel zu kleinen Heizkörper die Luft kaum erwärmen können.

Die großen Glasflächen eröffnen uns einen Ausblick auf das riesige Prüfungsareal – und was für ein Ausblick!

Drei, vier oder sogar fünf Bananen-Spuren werden gleichzeitig von den kleinen gelben Prüfungs-Pandas bewältigt.

Na ja, mehr oder weniger…

Ich bin verdutzt, wie sie es nur schaffen konnte, das kleine Wägelchen derart quer zur Fahrtrichtung zwischen den gelben Linien zu verkeilen, dass es da überhaupt keine Chance gab, jemals wieder herauszukommen!

Das war´s dann – Prüfung zu Ende.

Aber der Brummifahrer samt Anhänger fasziniert mich. Rückwärts mit diesem riesigen Dampfer durch die Banane – RESPEKT!

Ich beginne zu frösteln.

Echt kalt hier.

Oder ist es die aufsteigende Nervosität?

Immerhin kommt es jetzt zum Show-down - die Stunde der Wahrheit.

„…Die lassen hier ganz gerne durchfallen…“,

„…musst echt tierisch aufpassen, bei dene Brüder…“ und *„…beim erschten Mal hat mich der Prüfer richtig ver-arscht…“*, kreiselt es durch meinen Kopf.

Und dann auch noch der rheinische Hüne, der sich vor mir aufbaut und mich mit nervösen roten Flecken im Gesicht und gepresster Stimme mit Schauergeschichten all seiner verkorksten Prüfungen zumüllt!

Hast mir gerade noch gefehlt…

Ich klappe meine Ohren zu, nicke gelegentlich mit dem Kopf, und versuche ihm wenigsten das Gefühl zu geben, als hörte ich ihm zu – arme Socke!

In Wirklichkeit aber versuche ich, all die gefährlichen Ecken unseres Prüfungsareals nocheinmal genau durchzugehen. So, wie ein Skirennläufer vor dem Start.

Jeder Kanaldeckel, jedes bedeutendere Schlagloch, die Ampel gleich hinter dem Rechtsabzweig und alles andere, an das ich mich jetzt erinnern kann.

Wenn sie mich schon reinlegen wollen, dann möchte ich ihnen aber nicht den Grund dazu liefern – da müssen sie sich schon selbst etwas einfallen lassen!

Der rot gefleckte Baum ist weiter gezogen und beträllert nun den Nächsten mit seiner Panik-Arie – jeder ist mal dran, keiner kann entkommen.

Meine Blase drückt.

Ich werde noch mal rasch

Was?

Zu spät!

Mein Name scheppert durch den Lautsprecher.

Und plötzlich kommt ein schmaler Jüngling mit Nickelbrille
auf mich zu.
„Ich bin Tadeusz, Ihr Dolmetscher. Wir missen los."

Schon stehen wir draußen vor dem Zeige-Panda.
Die Motorhaube aufgeklappt wartet er darauf, seine Einge-
weide von mir exakt benannt zu bekommen.

Aber erst mal warten wir auf meinen Prüfer.
Die Tür geht auf, und ein älterer Herr mit Klemmbrett in der
Hand und missmutiger Mine kommt auf uns zu.
´Ach herrjeh, ein scharfer Hund!´, denke ich bei mir.
Aber ein freundliches „dschindobry" (Lautsprache für „guten Tag")
kann nicht schaden.
Er quittiert es mit einem Nicken, und redet jetzt erst mal mit
Tadeusz.
Die beiden scheinen sich zu kennen und zumindest nicht
gerade unsympathisch zu sein.
Worüber die Beiden nun plaudern kann ich nicht mal erah-
nen.

Aber dann zeigt er plötzlich auf die Batterie – Tadeusz zu mir: „Bitte sagen Sie was das ist", - „Batterie",
dann auf den Kühler – Tadeusz: „Bitte sagen Sie was das ist", - „Kühler"
und dann sagt der Chef: „Computer" – Tadeusz: „Bitte zeigen Sie den Computer", und ich zeige darauf.
Und schon plaudern die wieder, während der Alte Notizen auf seinem Protokollbogen macht.

Ich gebe es zu: unspektakulär!

Wahrscheinlich hatte der keine Lust mehr, länger im Nieselregen zu stehen.

Der blasse Schwächling hetzt neben mir über den Platz zum kleinen Panda, der bereits in der Startzone meiner Banane geparkt steht.
„Auf Schilder und Stopplinien achten, dynamisch fahren und aufpassen – er sagt immer bisschen spät vor abbiegen!", und zweigt ab zum Prüfer-Unterstand.

Jetzt bin ich alleine.

Alles einstellen – Sitz, Lenkrad, Spiegel.

Anschnallen.

´Langsam - bist nicht Schumi!´

Der Alte kommt und gibt Zeichen.

Banane vorwärts – Stopp

Banane rückwärts- Stopp

Auch absolut unspektakulär!

Die Beifahrertüre öffnet sich und der Blasse schlüpft nach hinten, der Alte neben mich.

Was mach´ ich jetzt nur?

Der schnallt sich nicht an, sondern sortiert lieber seine Protokollbögen und sagt dann irgendetwas.
Bin ich jetzt ein klugscheißerischer deutscher Korinthenkacker, der ihm, dem Herren über Wohl und Wehe etwas vorschreiben will?

Oder wartet der sogar darauf, dass ich meine Verpflichtung zum Schutz der Passagiere an Bord ausübe und ihn zum Anschnallen verdonnere – eine kleine Falle?

Tadeusz: „ Fahren Sie bitte zur Rampe."

Ach ja, das kommt ja auch noch…

Stimmt ja, ich muss noch am Berg anfahren - auf regennasser Fahrbahn, mit einem Auto, das ich nie zuvor gefahren bin - Suuuper!

Da ist die Sache mit dem Beifahrergurt erst mal völlig nebensächlich.

Jetzt erst mal die Karre bloß nicht abwürgen oder rückwärts wieder hinunter rollen!

Also lieber etwas mehr Drehzahl und die Kupplung schön dosiert schleifen lassen.

Ich weiß, das wird jetzt langweilig – weil wieder unspektakulär…

Aber mir ist es so ganz recht.

Die plaudern in einer Tour miteinander.

Ich scheine völlig unwichtig zu sein – wie ein Chauffeur, der quasi nicht existent ist.

Nur ab und zu erhalte ich von Tadeusz neue Anweisungen.

„Bitte fahren Sie nächste Meglichkeit rechts.", zum Beispiel.

Und schon geht das Gequassel weiter.

Der Alte spricht mit ruhiger, sonorer Stimme.

Ich finde es recht angenehm und beginne die Anspannung etwas abzulegen - es läuft soweit ja ganz gut.

Aber vielleicht sollte ich ihn doch noch bitten, sich anzu-schnallen…

Andererseits, wenn es ein schwerwiegender Prüfungsver-stoß wäre, hätte er mich schon längst aussteigen lassen.

Doch jetzt kommt meine Lieblingskreuzung - *„bitte muss haben hier Kanaldeckel auf rechte Seite, gucken Verkehr von vorne, dann links biegen in linker Spur"* – ich sehe die Skizze in der Klarsichthülle vor meinen Augen.

Also mache ich mich schon mal bereit.

Tadeusz: „Biegen Sie bitte an der Kreuzung rechts ab."

Links meint der.

An dieser Kreuzung biegt man links ab.

Wir sind hier immer links abgebogen!

Alle sind hier immer links abgebogen!!

„Äh, links!?", frage ich sicherheitshalber.

Er redet mit dem Alten.

„Nein, nein. Rechts, bitte."

´N-E-I-E-N!´, plärrt es in meinem Schädel.

Da war ich doch noch nie!

In meinen Schläfen beginnt es zu hämmern.

´Langsam, langsam jetzt´ - bringe ich mich selbst zur Raison.

Höchste Konzentration!

Der weiß, dass ich hier noch nie zuvor gefahren bin, denn er hat aufgehört mit Tadeusz zu quatschen.

Enge Gassen, Achtung: Tempo-30-Zone, Zebrastreifen und Fußgänger auf den Gehwegen.

Kreuz und quer durchs Labyrinth, rechts vor links uneinsehbar, langsam nach vorne tasten und bloß kein Schild übersehen!

Hier kann er mich fertigmachen - so läuft das also!

Kein anderer gelber Panda weit und breit…

Und der Blitz schlägt auch schon ein:

er entreißt mir plötzlich das Lenkrad, zieht nach rechts, steuert in die einzige Lücke zwischen all den anderen geparkten Autos auf die Gehwegkante zu und bremst den Wagen ab!

WAS?

WESHALB?

Die Pferde in meinen Schläfen galoppieren los.
„*Wenn der Prüfer ins Lenkrad greifen muss, oder das Fahrzeug bremst, ist die Prüfung sofort beendet*", geistert mir die Oberdolmetscherin durch den Kopf.

ABER…???

Er sagt etwas zu Tadeusz.

„Bitte machen Sie jetzt eine Dreipunktwendung."

´BOAH !!!! ´, mehr kann ich jetzt nicht denken – selbst so etwas wie Erleichterung kann ich noch nicht verspüren.

Wie in Trance spule ich das geforderte Manöver ab.

Mein Mund ist jetzt so trocken wie eine Rose von Jericho. Und so kurven wir dann zurück und münden, nach einer Weile endlich wieder in bekannte Gefilde.

Und dann quatschen sie auch schon wieder.

Wir kommen zum Doppelkreisel, den die Straßenbahntrasse durchschneidet, biegen nach der Stopplinie in die breite Allee, vierzig Minuten sind lang, halten mit gesetztem Blinker vor der Ampel mit dem grünen Rechtsabbiegerpfeil, und kommen zu dem Platz mit dem superbreiten Zebrastreifen.

Plötzlich redet er mit mir, auf Deutsch: „Wie ist bei Ihnen mit Zebrastreifen? Ist anderes als bei uns, oder?"
Argwohn steigt auf.
Wat soll dat jetzt?
Warum will der jetzt etwas über Zebrastreifen von mir wissen?
Gut, die haben dort nicht nur den weissen, sondern auch den roten Zebrastreifen, an dem man nur halten muss, wenn Fußgänger erkennbar die Straße überqueren wollen. Beim Weissen muss man ja schon anhalten, wenn sich jemand nähert.

Äh, warte mal –
habe ich da vorhin vielleicht etwa …

„Gut, dass Sie kennen den Unterschied.", sagt er.

Wir rollern noch viel weiter und die beiden quatschen weiter.

Aber dann: da sind wir ja schon - das Prüfungszentrum taucht auf!

Und ich fahre immer noch selber.
Jetzt bloß nichts mehr versauen, denk´ an die Spielstraße am Prüfungsgebäude!

Scheibenwischer aus,
Gang raus,
Motor aus,
Handbremse ziehen,
Fußbremse lösen.

Mit gütigem Blick reicht er mir seine Hand.

„Herzlichen Glickwunsch, Sie haben bestanden.“

Ich kann es noch nicht fassen.

„Dschindobry!!!“, bedanke ich mich überschwänglich, und die Beiden lachen laut los.

Ach so, stimmt ja – „Äh, dschienkuje", also besser „Danke"
sagen, anstatt „guten Tag".

Jetzt kann ich ihn wieder sehen.

Er ist aus dem Polizeiwagen ausgestiegen und palavert mit einem seiner Kollegen – man scheint sich nicht ganz einig zu sein.

Da kommt dann auch noch ein Dritter dazu!

Der muss sich natürlich auch alles noch mal ganz genau anschauen…

Sie reden auf ihn ein und jetzt schicken sie ihn zu mir.

„Hier", und drückt mir meine Dokumente in die Hand, „gute Weiterfahrt."

Aua, das muss ihm richtig wehgetan haben!

Als ob er mein kleines Lächeln doch bemerkt hätte, kam dann aber noch: „Glauben Sie mir - wer zuletzt lacht, lacht am Besten!"

Aber wie sagt doch ein altes polnisches Sprichwort so schön:

"Nie taki diabeł straszny, jak go malują"*

ENDE

*(Der Teufel ist nicht so schwarz wie man ihn malt.)

Nachgedanken

Die Erzählung „Mein Stettiner Tagebuch" basiert auf wahren Begebenheiten, die ich möglichst realitätsgetreu wiedergegeben habe.

Einzig die Namen der darin vorkommenden Personen wurden von mir geändert, um sie nicht der Gefahr möglicher behördlicher Repressalien auszusetzen.

Denn so genannte „Führerscheintouristen" sind ein rotes Tuch - für Führerscheinstellen, Verkehrspolizisten und erst recht für den Gesetzgeber.

Im Kernsatz der EU-Führerscheinrichtlinie heißt es nämlich, dass alle in einem EU-Mitgliedsstaat ausgestellten Führerscheine von allen EU-Mitgliedsstaaten grundsätzlich anerkannt werden müssen.

Dies gilt somit auch für Deutsche, denen der Führerschein in Deutschland bereits entzogen wurde und die später dann einen neuen Führerschein im EU-Ausland erworben haben.

Das will Deutschland so nicht hinnehmen, und ließ beim obersten europäischen Gericht, dem Europäischen Gerichtshof mehrfach entsprechende Vorlagefragen prüfen, um dieser Regelung einen Riegel vorschieben zu können.

Nach deutschem Verständnis kann es nicht hingenommen werden, dass deutschen Staatsbürgen im EU-Ausland ein Führerschein ausgestellt wird, ohne die in Deutschland bestehenden Auflagen zu berücksichtigen!

Im Besonderen geht es dabei um das Beibringen eines positiven MPU-Gutachtens, bevor ein neuer Führerschein erteilt werden kann.

Die Europarichter sehen dies allerdings anders.

Immer wieder wird diesem Ansinnen der Bundesrepublik Deutschlands eine Abfuhr erteilt und von den höchsten Europäischen Richtern darauf hingewiesen, dass auch in Deutschland Europäisches Recht über dem nationalen Recht steht.

Doch hier sind wir beim Kern des eigentlichen Problems angelangt: kein anderes EU-Land kennt eine solche Auflage – kein anderes EU-Land kennt eine MPU!

Aber weshalb nicht?

Ist man in den anderen EU-Staaten nicht mit dem Problem „Alkohol und Drogen im Straßenverkehr" belastet, oder geht man dort damit etwa weniger verantwortungsbewusst um? Dies anzunehmen wäre naiv und arrogant.

Nein, die Ursache dafür liegt in der zweifelhaften Qualität der deutschen Lösung – der MPU - an sich.

Von den zugelassenen Begutachtungsstellen wie TÜV oder DEKRA werden Rückfallquoten von positiv Begutachteten in einer Größenordnung von ca. 30% eingeräumt.
Die von Experten vermutete Dunkelziffer liegt eher bei 80-90%.
Aber selbst wenn wir von der offiziell zugestandenen Rückfallquote ausgehen, bedeutet dies, dass rund 30% der gutachterlichen Prognosen schlichtweg falsch waren – 30% Fehlerquote.
Mit anderen Worten wird mindestens jeder Dritte alkohol- oder drogenauffällige Verkehrsteilnehmer *entgegen* der psychologischen Prognose langfristig erneut alkohol- oder drogenbedingt auffällig.
Eigentlich müsste dieser Wert den Verkehrspsychologen die Schamesröte ins Gesicht treiben!
Jeder Richter, dessen Urteile eine Fehlurteilsquote von 30% beinhalten würden, wäre längst abberufen und mit Schimpf und Schande aus seinem Amt gejagt - jeder Arzt mit einer entsprechenden Quote an Fehldiagnosen hätte seine Zulassung längst verloren!

Weshalb also werden Verkehrspsychologen und ein zweifelhaftes Verfahren, das in vielen Fällen eine existenzielle Bedrohung für die Betroffenen darstellt, immer wieder aufs Neue bestätigt und vom Gesetzgeber weiterhin unverändert zugelassen?

Den Betroffenen drängt sich der Verdacht auf, dass es in Wirklichkeit um erhebliche wirtschaftliche Begehrlichkeiten einer ganzen Branche geht.

Laut der BundesAnstalt für Straßenwesen **BAST** wurden im Jahre 2006 insgesamt **105.470** MPU-Auflagen verhängt. Wenn wir die damit verbundenen Gebühren berücksichtigen, kann man die Größenordnung erahnen.

Die MPU - Gebühren reichen von 357,-€ (MPU wegen Punkten im Straßenverkehr ohne Alkohol) bis 765,-€ (MPU wegen Drogen- und Alkoholauffälligkeit).
Legt man nun einen Durchschnittswert von 500,-€ zu Grunde, beläuft sich der Jahresumsatz der Prüfstellen auf

__ca. 50.000.000,- €__ !

Noch nicht genug, da die Durchfall- und Wiederholungsquote gesamt bei ca. 28% liegt (Alkohol, erstmalige MPU: 37%, wiederholte Auffälligkeit: 44%)

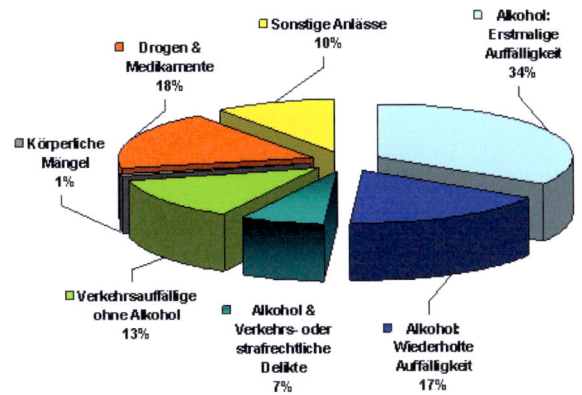

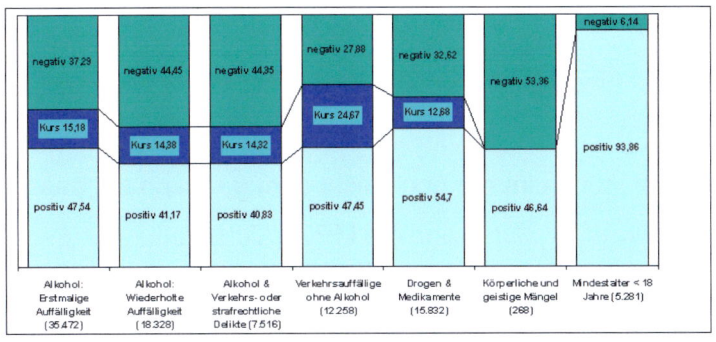

Das bedeutet, dass nochmals

ca. _**16.000.000,-€**_

für den zweiten Anlauf umgesetzt werden.

So sind wir mittlerweile bei einem Jahresumsatz vom sagenhaften

ca. _**66.000.000,- €**_ !

In Worten: Sechsundsechzig Millionen!

Noch nicht genug: in 14.128 Fällen, die weder eindeutig positiv, noch eindeutig negativ begutachtet wurden, hat die Begutachtungsstelle den Betroffenen ein „Aufbauseminar" (Grafik:„Kurs") verordnet, das wiederum

ca. _**6.000.000,- €**_

Umsatz eingespielt hat.

Dies ist jedoch immer noch nicht genug – denn ein besonders lukrativer Markt sind die MPU - Vorbereitungskurse. Ohne eine Teilnahme daran, besteht kaum die Aussicht auf ein positives Begutachtungsergebnis und ein besonders hohes Risiko „durchzufallen".

In diesem Markt tummeln sich vor allem Tüv, Dekra und ADAC mit Tochtergesellschaften, da der Gesetzgeber eine Trennung zwischen Begutachtung und Betreuung festgeschrieben hat.

Tatsächlich jedoch hat sich gezeigt, dass eine ungleich höhere Chance auf ein positives Gutachten besteht, wenn man zuvor einen entsprechenden Kurs bei der Tochtergesellschaft des Begutachters absolviert hat.

Die Kosten hierfür unterliegen keiner Gebührenordnung und differieren zwischen 700,- € und bis zu mehr als 1.500,- €.

Schätzungsweise 80% der Betroffenen nehmen an diesen Kursen teil, womit also nochmals geschätzt rund

ca. **<u>80.000.000,- €</u>**

umgesetzt werden.

Damit liegt das jährliche Gesamtvolumen bei

<u>152.000.000,- € pro Jahr</u>

Einhundertzweiundfünfzig Millionen Euro!

Pro Jahr!

Und da gibt es nun Betroffene, die – sich auf europäisches Recht berufend – diese Industrie umgehen und stattdessen im EU-Ausland einen neuen Führerschein erwerben.

In der Öffentlichkeit werden sie vom Gesetzgeber und besonders vom ADAC häufig als „unseinsichtige Trunkenbolde" dargestellt, die ein erhebliches Sicherheitsrisiko für den Verkehr darstellen.

Sehen wir uns diesen schwerwiegenden und zentralen Vorwurf genauer an:

bisher sind rund 8.500 „schwarze Schafe" den deutschen Behörden bekannt geworden.

8.500 im EU-Ausland erworbene Führerscheine.

Dies entspricht einem Anteil von 0,017% aller in Deutschland vorhandenen Führerscheinen.

Nun liegt die Vermutung nahe, dass sie allesamt wieder rückfällig, beziehungsweise im Verkehr auffällig wurden, Unfälle verursacht und Menschen verletzt oder gar getötet haben.

Dies stimmt jedoch nicht.

So werden den Führerscheinstellen auch die EU-Führerscheine gemeldet, die zum Beispiel bei allgemeinen Verkehrskontrollen oder bei Grenzüberschreitungen vorgezeigt werden, obwohl kein Fehlverhalten vorliegt – die überwiegende Mehrheit.

Wie aus dem vom Kraftfahrtbundesamt (KBA) herausgege-
benen „Jahresbericht 2007" hervorgeht, wurden bis zum
31.12.2007 in insgesamt 8.500 Fällen die ausländischen
Behörden aufgefordert, die rechtmäßige Ausstellung ihrer
Führerscheine an Deutsche dahingehend zu überprüfen, ob
sie richtlinienkonform erworben wurden und gebeten, sie
zurückzuziehen.

Bei allen 8.500 Fällen können wir davon ausgehen, dass
bei keinem Einzigen ein schwerwiegender Verkehrsverstoß
vorlag!

In solchen Fällen nämlich, sind sowohl die Polizei als auch
die Führerscheinstellen bereits selbst befugt, diese Führerscheine einzuziehen – egal aus welchem Ausstellerstaat
sie stammen.

Und dennoch sind es bisher „nur" 8.500 Aktenkundige.

Was merkwürdig erscheint ist, dass der Staat wegen 8.500
im Ausland erworbenen Führerscheinen von „Führerschein-
tourismus" spricht, das Bild vermittelt ganze Busladungen
von Alkoholikern würden in die Nachbarländer gekarrt und
eine Industrie von Neppern, Schleppern und Bauernfängern
würden sich damit eine goldene Nase verdienen.

Mit 8.500 Führerscheinen in vier Jahren?

Wir rechnen nach: 8.500 x 2.000,- € = 17.000.000,- €

Siebzehn Millionen in vier Jahren bedeutet, dass demnach pro Jahr rund 4.250.000,- € umgesetzt werden.

„Peanuts" im Vergleich zur MPU-Maschinerie und kaum glaubhaft bei der enormen Anzahl von Fahrschulen alleine in Stettin.

Da klingt die von Experten genannte Dunkelziffer plausibler: ca. 40.000 bis 50.000 Auslandsführerscheine wurden schätzungsweise für deutsche „Führerschein-Touristen" ausgestellt!

Vor dem Hintergrund dieser Größenordnung versteht man plötzlich auch die große Entschlossenheit des Gesetzgebers, hier einen Riegel vorzuschieben.

Das enorme Gefahrenpotenzial, das von bis zu 50.000 „uneinsichtigen Trunkenbolden" ausgeht zwingt zum Handeln, oder?

Denken wir auch hier noch einen Schritt weiter:

wenn bisher von ca. 50.000 EU-Führerscheinen nur 8.500 den Behörden bekannt gemacht wurden obwohl sich deren Besitzer nichts gravierendes haben zu Schulden kommen lassen, was ist dann mit der weit überwiegenden Mehrheit? Wo haben sich die restlichen 41.500 versteckt?

Wissen wir doch, dass es sich dabei um Verkehrsteilnehmer handelt, die ihre Alkohol- und Drogenproblematik nicht anerkennen und sich mit ihrem bisherigen Verhalten nicht selbstkritisch auseinandergesetzt haben.

Genau deshalb haben sie ja die auferlegte MPU verweigert und bestätigen dadurch der Führerscheinstelle deren Eignungszweifel.

Aber irgendetwas kann dabei nicht so ganz stimmen.

Denn wenn wir ca. 50.000 Verrückte auf unseren Straßen hätten, die nicht im Traum daran denken ihr bisheriges Verhalten zu ändern, hätten wir dann nicht eine erheblich größere Zahl an bekannten EU-Führerscheinen? Alleine durch das erheblich größere Unfallrisiko bei Alkoholfahrten müssten folglich weit mehr als nur 17% aller EU-Führerscheininhaber wieder in irgendeiner Weise aktenkundig geworden sein.

Selbst wenn wir die (viel zu niedrige) offizielle MPU-Rückfallquote von 30% vergleichend heranziehen, kämen wir auf ca. 15.000 „Führerscheintouristen", die alleine wegen einer erneuten Trunkenheits-, Drogenfahrt aktenkundig sein müssten!

Woran kann es aber nun liegen, dass dem offensichtlich nicht so ist, obwohl man sogar die Führerscheininhaber registriert, die keinen weiteren Verkehrsverstoß begangen haben?

Liegt die Rückfallquote bei den „uneinsichtigen Trunkenbolden" etwa niedriger, als bei denen, die eine positive psychologische Verhaltensprognose ausgestellt bekamen?

Auffällig ist, dass diesbezüglich keine Zahlen veröffentlicht werden – weder von den Führerscheinstellen, dem Gesetzgeber oder dem ADAC.

Und doch, so liegt der Schluss nahe, muss es so sein. Anders ist die niedrige Gesamtzahl der bekannten EU-Führerscheine nicht zu erklären.

Und der Grund hierfür ist sehr Nahe liegend und schnell plausibel: für diese Menschen ist ihr EU-Führerschein die letzte Chance weiterhin mobil zu bleiben und ihre Existenz weiterhin aufrechterhalten zu können!

Und jedem Betroffenen ist klar, dass die deutschen Behörden auch gegen geltendes EU-Recht diese Art von Führerscheinen entzieht, unrechtmäßige Nutzungsuntersagungen erteilt und eine Wiedererlangung meist einen langen Rechtsstreit vor mehreren Instanzen bis vor das Oberverwaltungsgericht, voraussetzt.

Während dieser Periode darf nicht gefahren werden, auch wenn diese Maßnahmen schlussendlich dann doch wegen des geltenden EU-Rechts aufgehoben werden müssen.

Deshalb wird auch erheblich konsequenter Alkohol- und Drogenkonsum getrennt vom Teilnehmen am Straßenverkehr – bloß nicht auffallen und bloß kein Risiko eingehen! Nicht kritische Selbstreflexion und verkehrspsychologische Betreuung führen hier zum Ziel, sondern schlicht und ergreifend: Existenzangst, die beinahe jeder EU-Führerscheinbesitzer kennt, denn für die Meisten ist der Führerschein die Grundlage für deren Berufsleben und deren Gelderwerb.

Wenn es dem Gesetzgeber mit der allgemeinen Verkehrssicherheit also tatsächlich ernst ist, was wir uns alle wünschen, so muss doch ein tiefgreifender Denkwandel stattfinden.
Meiner Auffassung nach beginnt dies bereits mit einem kritischen Hinterfragen der hier geltenden Promillegrenzen: mit den geltenden gesetzlichen Regelungen sagt der Gesetzgeber nicht anderes als dass er **keine zwingende Notwendigkeit** sieht, Alkoholkonsum und Fahren strikt zu trennen.
Nein, selbst bei einem Wert bis zu 0,3‰ sieht der Gesetzgeber sogar bei einem eventuellen Unfall keine Konsequenzen für den Führerscheininhaber vor. Und ohne Unfall,

beispielsweise bei einer Verkehrskontrolle, beginnt der Bereich der Ordnungswidrigkeiten ab 0,5‰.

Ist dies tatsächlich das richtige politische Signal?

Abgesehen davon, dass es für den normalen Autofahrer kaum möglich ist, seinen Promillewert ständig so exakt kontrollieren zu können, müsste doch allgemein bekannt sein, dass wir auf Alkohol je nach Alkoholgewöhnung unterschiedlich reagieren. So gibt es Menschen, die bereits bei 0,2‰ absolut fahruntauglich sind und andere selbst bei 0,8‰ ein Fahrzeug noch sicher führen können. Weshalb also absolute Promillegrenzen?

Die meisten anderen EU-Mitgliedsstaaten haben sich für einen klareren, eindeutigeren Weg entschieden:
sie geben eine 0,0‰ Grenze vor, flankiert von intensiveren Verkehrskontrollen und ahnden Verstöße abgestuft je nach Schwere mit drakonischen Strafen, bis hin zum Gefängnisaufenthalt.

Dadurch sollen ähnliche Existenzängste vor einem Führerscheinverlust erzeugt werden, wie wir sie weiter oben bereits bei den „uneinsichtigen Trunkenbolden" festgestellt haben, und den Verkehrsteilnehmern eine Grundsatzentscheidung abverlangen:
trinke ich, oder fahre ich heute?

Wenn es gelingt die Menschen dahin zu bringen, ist mehr erreicht, als das MPU-Verfahren zu leisten im Stande ist.

Denn der Fehler steckt bereits im Denkansatz: bei allen Erfolgen und Leistungen der modernen Psychologie und Psychotherapie kann im Rahmen einer MPU keine zuverlässige Prognose erstellt werden!

Dies ergibt sich bereits hieraus:"... Mit keinem Testverfahren gelang es, bei wiederholter Durchführung verbindliche Muster zur Unterscheidung der Alkoholiker von anderen klinischen Gruppen zu erarbeiten. Die negativen Ergebnisse verführten und verführen, mit immer raffinierteren Methoden nach der alkoholischen Persönlichkeitsstruktur zu suchen, obwohl wiederholt auf die Erfolglosigkeit solcher Untersuchungen hingewiesen und ihre Einstellung gefordert wurde."

(aus:Lothar Schmidt:"Alkoholkrankheit und Alkoholmißbrauch")

Wer das Ziel der Gefahrenabwehr tatsächlich ernst nimmt, kann nicht umhin, nach anderen Methoden zu suchen.